緣路有您

香港舞蹈團四十週年——

香港舞蹈團四十週年誌慶

藝彩綻放
舞影流光

行政長官林鄭月娥

培才育秀
展藝樂羣

民政事務局局長徐英偉

香港舞蹈團四十週年

民政事務局常任秘書長謝凌潔貞

舞壇煥采

藝海生輝

謝凌潔貞

香港舞蹈團四十週年誌慶

菁英濟濟
舞影翩翩

康樂及文化事務署署長劉明光

劉明光

文化傳承

任重道遠

香港舞蹈團名譽主席胡經昌先生

舞藝精湛

承古拓新

香港舞蹈團名譽主席李崇德先生

李崇德

國粹傳馨

精益求精

香港舞蹈團名譽主席梁永祥先生

融匯東西
舞動古今

香港舞蹈團名譽主席黃遠輝先生

黃遠輝

前言

香港舞蹈團迎來四十週年誌慶。自 1981 年創團至今，舞團一直致力於傳承傳統、銳意創新，近年更積極推廣具香港特色的中國舞蹈，至今已排演超過二百齣深受觀眾歡迎和評論界讚賞的作品。舞團亦着重藝術教育，透過「外展及教育部」和「兒童團及少年團」舉辦活動，將舞蹈帶給不同社群，提高大眾對舞蹈的興趣與鑑賞能力，讓各個界別的人士都能夠有機會欣賞高質素的舞蹈製作。全賴舞團上下努力不懈、精益求精，多年來獲得社會各界鼎力支持與觀眾愛戴。

今年，舞團以「舞尋萬象・動求無形」為題，隆重呈獻歷時十七個月的精彩節目和活動，共享喜悅。出版本書，是其中一個重要項目。

悠悠四十載，結緣於舞團者眾。他們有的負責管理營運、參與製作，為舞團奠定基石、開創未來；有的曾經多次合作、忠實支持，見證着舞團成長。舞團誠摯邀請了他們以口述方式，紀錄昔日的韶華歲月。段段情緣，成就豐碩成果。在此由衷感謝他們的貢獻與付出。除了專訪文章，本書還輯錄了歷年不少的演出照片，彌足珍貴。從不同角度回首過往、展望未來。

四十不惑，舞團將堅守信念，繼往開來，邁向新里程。本人謹代表舞團全體仝人向香港特別行政區政府及眾多長久以來支持舞團的機構與人士致萬二分謝忱。

香港舞蹈團董事局主席

馮英偉

Hong Kong Dance Company

Since 1981

融匯中西 舞動香港

使命宣言

我們從優秀的中國文化傳統汲取養份，結合當代藝術創意，以具香港特色的中國舞蹈感動世界。

香港舞蹈團於 1981 年成立，2001 年註冊成為慈善及非牟利機構，由香港特別行政區政府資助。舞團今年慶祝成立四十週年，至今已排演超過二百齣深受觀眾歡迎和評論界讚賞的作品。近期作品包括《花木蘭》、《塵埃落定》、《蘭亭・祭姪》、《梁祝・傳說》、《風雲》、《倩女・幽魂》、《踏歌行》、《紅樓・夢三闋》、《中華英雄》、《觀自在》、《白蛇》、《三城誌》、《紫玉成煙》、《劉三姐》、《絲路如詩》、《弦舞》、《一水南天》、《媽祖》、《青衣》、《山水》，以及展現「中國舞蹈與中國武術之交互研究與成果呈現計劃」三年探索成果的舞 x 武劇場《凝》。

舞團經常到海外及內地演出，以促進文化交流，曾涉足十多個國家及地區。近年曾赴美國華盛頓甘迺迪藝術中心、美國紐約林肯表演藝術中心、加拿大多倫多索尼演藝中心、英國倫敦南岸中心、澳洲悉尼卓士活中央廣場劇院、白俄羅斯明斯克國立模範音樂劇院、北京國家大劇院、北京天橋藝術中心、上海大劇院、上海國際舞蹈中心、杭州大劇院、廣州大劇院、台北新舞台、台灣戲曲中心等，演出舞團的得獎原創舞劇《清明上河圖》、《花木蘭》、《倩女・幽魂》、《梁祝・傳說》、《蘭亭・祭姪》等饒具香港特色的作品，為海內外的觀眾帶來文化藝術新體驗。

目錄

共同開創

共同開創

蔡淑娟

香港舞蹈團四十週年回顧與展望

　　康樂及文化事務署前副署長（文化），1980
年出任前市政局藝團辦事處高級經理，於 1981 年
帶領成立香港舞蹈團，二十年後籌組舞團於 2001
年公司化。

1982《東海奇緣》

時光倒流七十年

回顧五十年代，香港的經濟發展僅僅起步，並沒有太多文化活動場地，大家都稱香港是文化沙漠。及至 1962 年香港大會堂落成，才有一個專業的演出場所，但當時很多表演團體都是業餘的。七十年代是藝文發展的轉捩點，1973 年政府修例令市政局成為一個財政獨立的法定組織，職能涵蓋市區的文化康樂服務及環境衛生。當時適逢香港經濟起飛，市政局獲得較豐富的資源，能從多方面大力推動藝術文化發展。一方面在市區興建表演場地，其中伊利沙伯體育館於 1980 年落成，香港體育館（簡稱紅館）於 1983 年正式啟用。此外在演藝節目方面亦起了推動作用，包括舉辦亞洲藝術節及香港國際電影節等活動。另一方面，市政局開始建立藝團，包括 1977 年創立的香港中樂團和香港話劇團。當時芭蕾舞已經有一個專業團體，當代舞有城市當代舞蹈團，順理成章，當市政局要在這方面繼續推動時，便想到成立一個以中國舞為主的舞團，遂於 1981 年創立香港舞蹈團。舞團的成立，可說是天時、地利、人和的配合。天時就是市政局的改組和香港經濟起飛的助力，社會經濟改善，市民對生活質素的要求亦提升了，藝術文化活動得以發展。

從創團到公司化

當時香港舞蹈團的目標是推廣及發展中國舞，除介紹傳統民族舞蹈外，亦致力開拓和創作以香港或中國文化為題材的新舞劇。開團之初，我們邀請到舞蹈藝術家江青老師和遠在倫敦的文漢揚老師回港協助招聘第一批演員。舞團第一個演出是由陳華老師等人負責的《東海奇緣》，到 1982 年，江青老師加入舞團擔任藝術總監，當時團隊共有二十幾位舞蹈員、兩位導師、數名技術人員和行政人員。我們的辦公

1982 澳洲英聯邦藝術節

室在銅鑼灣禮頓道的合誠汽車大廈內，而舞蹈員是直接到伊館等場地排練，很少回辦公室。之前談了天時，在地利來說，就是舞團開始時幸有伊館作為排練基地。如果當時沒有伊利沙伯體育館，舞蹈員也不知道在哪裏排練。直到上環文娛中心於 1989 年建成，團員才全部搬進新團址。至於在人和方面，我們也有幸得到歷任的藝術總監及各方資深前輩協助創團及發展，所以說天時、地利、人和缺一不可。

我們在 1988 年至 1989 年期間開始構思職業藝團公司化，當時市政局通過了這個方向，但未實行，只是一個概念。到 2000 年前後，舞蹈團已發展得非常成熟，適逢當時政府決定取消兩個市政局，我們認為是落實公司化的合適時機。為甚麼想舞團公司化呢？因為此舉可以令舞團在招聘人才、連繫社會、增加發展機遇、財政和行政等各方面更靈活自主，有助藝團長遠發展。在籌備階段，除了處理行政工作，也要照顧團員的心情，因為他們對此改變有很多疑問和擔憂，所以那段期間做了很多溝通工作。有兩個方面尤為重要：第一，最基本的全體團員的聘任要順利過渡；第二，藝術方面的發展要更具彈性。公司化可令舞團在社會上的認受性更大，譬如可以與商業機構有更多樣化的合作，爭取到更多商業贊助，舉辦各類型課程和活動，我認為是百利而無一害。

在磨煉中蛻變前行

在舞團工作期間，印象最深刻的是香港舞蹈團和香港中樂團第一次的海外演出，那是 1982 年在澳洲布里斯本英聯邦運動會期間舉辦的英聯邦藝術節。當時兩個團一起去的，舞蹈團做了三場戶外演出，約共三千位觀眾，還記得我們特別設計了一個中式背景板作為演出佈景，用來營造中國味道和氛圍。那是我們第一次到外地演出，繁瑣的報關清關、演出的流程及安排、兩團的住宿交通膳食等事宜都要兼顧，是一個

1982 澳洲英聯邦藝術節

挑戰，但回頭看是一個難得的經驗。海外演出對團員來說也是非常珍貴的體驗，他們可以從中吸收很多養份，我相信亦會加深舞者對表演藝術的熱愛，令團隊更有凝聚力。

回首四十年，香港舞蹈團當然經歷很大變化，譬如說專業化，舞團起初的水準可說是未達專業，初期團員的質素頗為參差，部份受過專業訓練，部份則未達到專業水準，在入團後，經過密集的訓練，始追上專業水平。1984 年香港演藝學院成立後不斷培育專業演藝人才，有助於香港文化藝術團體水平的提升。這四十年來，香港舞蹈團的發展、進步及藝術水平的提升是有目共睹的。我認為舞團始終沒變的是至今堅守其理念，一直致力推廣及發展具有香港特色的中國舞，並藉此傳承和宣揚中國傳統文化。

能參與及見證舞團兩個關鍵階段，在創團和公司化時期出一分力，我覺得是跟舞團的一個緣份。我祝願香港舞蹈團持續精進，更上層樓。

胡經昌

弘揚傳統文化是香港舞蹈團的使命

　　胡經昌先生多年來積極參與工商社會事務，曾擔任多項重要公職。2001-2003 年擔任香港舞蹈團第一屆董事局主席。雖已離任多年，但仍然心繫舞團，每年都會贈送蛋糕給全體員工，以示鼓勵。

2002《水滸傳》首演開幕儀式

義演籌款　感受至深

　　擔任舞團董事局主席兩年多，不少作品都讓我印象深刻，比如：《梁祝‧傳說》——音樂一響起，很觸動我。我覺得作品中的舞蹈與音樂結合得十分完美，舞台設計和道具設計亦令人嘆為觀止。說到讓我感受最深的演出，不可不提《水滸傳》，而且是《水滸傳》的其中一場，因為那一場我「膽粗粗」粉墨登場。當年我亦是小童群益會主席，曾到內地考察，發覺廣西有很多山區貧困學校極需外界援助。

　　於是，我回港後就提議香港舞蹈團為他們辦一場籌款演出。恰巧當時有《水滸傳》這個劇目，我大膽地毛遂自薦：「為了籌款，希望能多籌一點，不如我也參演吧，增加一點噱頭。我不懂跳舞，當個『路人甲』也可以呀。」

　　大家幫忙編排了一個角色給我，名叫吳用。我打趣說這是不是「無用」的意思？後來才知道那是個「智多星」角色。我是完全不懂跳舞的，雖然常做運動，但拉筋壓腿確是十分辛苦，舞蹈把杆實在是太高了。

　　有一次，當時的助理編舞楊梅協助我把腿抬到舞蹈把杆上，練習拉筋動作。她說：「我等一下回來。」怎料她一走就半個小時過去了，我自己下不來，真是叫天不應呢。我的角色常常拿着一把扇子，怎麼撥動扇子、怎麼走路……光是練習動作就花了大量時間，讓我知道表演藝術是一絲不苟的。正式演出更可怕，事前我沒有了解舞台設計，原來台上有一個大坑。我有深近視，又不習慣戴隱形眼鏡，加上舞台燈光很暗，出場時一步一驚心，印象太深刻了。那場演出最終籌款成功，協助廣西貧困山區重建了十所小學，受惠者非常感激舞團的幫忙。

2014《梁祝·傳說》

重視溝通　身體力行

　　我喜歡攝影，尤其喜歡拍動態元素，因為動感難以捕捉，能夠拍攝到最美一瞬更顯珍貴。無論排舞、演前綵排，我都會盡量出席，多拍些照片。要拍到滿意的照片，必須要知道舞蹈員會做甚麼動作——哪一刻會跳、哪一刻會轉、哪一刻會停……我會主動跟舞蹈員溝通，聊聊日常、關心他們的排練情況。有時候，我會借他們的道具來玩。有次看到他們揮舞水袖，太美了，我也拿來玩一下，原來這麼難！親身體驗到那個難度，才明白何謂專業。記得我當主席的時候，有位舞蹈員叫華琪鈺，現在她已經成為首席舞蹈員了。她有份參與《水滸傳》演出，是一位很有專業精神的舞蹈員。佩服她堅持跳舞跳到現在，最近她還主演《青衣》，實在十分難得。我也記得柯志勇，他耍劍、棍等等很厲害，現在是舞團的訓練導師了。

2019《演舞天地之忘憂部落》

舞蹈教育　任重道遠

我認為培育下一代是非常重要的事。小朋友是一張白紙，你如何引導他，他長大後就會變成甚麼。記得我在任的時候，舞團設有一年制的小朋友舞蹈訓練課程，至 2006 年兒童團才正式成立。我一直以來都關注舞團的舞蹈教育。有一次兒童團開放日，我帶了當時一歲的孫兒來參觀。他很開心，自己隨音樂蹦蹦跳。我看到他這個樣子，就向職員查詢孫兒可不可以考兒童團呢？原來是不可以的，他年紀太小，要五歲才符合入學資格。舞蹈教育是一項任重道遠的工作，讓小朋友以較輕鬆的方式認識歷史、文化，從而培養個人的德、智、體、群、美。

今年是香港舞蹈團成立四十週年，我認為整體的節目規劃很全面。最近十年來，舞團增加了外訪演出，踏足不少地方：英國、澳洲、美國、加拿大、白俄羅斯……秉承弘揚傳統文化的使命，我認為舞團應加強東西方交流，多到外地演出是非常好的事。在主題選材方面，我建議可以偏向簡單易明的，不要讓觀眾感到曲高和寡；音樂和故事方面，可以選取家傳戶曉的作品，更容易引起共鳴。舞團的演出應當面向普羅大眾，讓人看得明白，印象深刻。祝願舞團做得更好，未來四十年我會繼續入場支持。

江青

為舞團，更為香港舞壇

　　就任香港舞蹈團首任藝術總監之前，江青女士在港台電影界成名已久，聲名鼎盛之時退隱美國，鑽研現代舞，在紐約創立了「江青舞蹈團」，成為華人現代舞先驅。1982 年受邀擔任香港舞蹈團藝術總監，代表作有《成語舞集》、《負·復·縛》、《大地之歌》等。江氏對香港舞蹈團的貢獻不僅在於開門立派，更在於奠定了香港舞蹈團獨特的藝術基調和發展方向。

1983《成語舞集》

1983《成語舞集》排練

香港舞壇有自己的使命

我是 1982 年加入香港舞蹈團的，擔任首任藝術總監。1978 年我帶領紐約「江青舞蹈團」來香港參加亞洲藝術節，1981 年再來演出之時，時任香港文化署署長陳達文先生和時任文化署總經理蔡淑娟女士邀請我加入將要成立的香港舞蹈團，那時一同成立的還有香港話劇團和香港中樂團。

因為我在紐約有自己的舞團，無法全職留在香港，所以提出每年只能有一半時間在香港的條件，獲得同意後，我就走馬上任，每年六次往返美國和香港。藝術總監的工作主要負責制定每年的演出計劃和編創新節目。

香港舞蹈團以中國舞為主，但中國舞不是一成不變的，中國舞的作品還是要與現代觀眾進行交流。香港舞蹈團要強調自己的風格，這個風格不能與「江青舞蹈團」相同，要與本土文化和當下社會有更密切的聯繫，這種聯繫也需要培養當地的編舞人才。我認為香港舞蹈團的藝術發展宗旨，就是扎根於固有的文化，在傳統的基礎上發展與現代意識相結合，使中國民族舞蹈同時具有民族性和世界性。我在舞蹈團推出的第一個作品《成語舞集》，可以説是嘗試做到這一點。

《成語舞集》由十多個舞章組成，我自己創作了其中的四分之一，也邀請了其他五六位編導參與創作，在 1983 年的亞洲藝術節首演。選擇成語作為創作題材的原因是因為成語由來已久，今天這些語彙仍然活在我們常用的語言文字上，可見它的生命與傳統舞蹈語彙一樣，是世代流傳積累下來的。隨着時代社會的推移，一些語彙延伸出新的質素，注入了新的內容和生命，可見傳統與現代一脈相承的關係。 同時，成語本身是高度精練的，其骨髓內涵精闢深刻，即令人深思又富有

1983《成語舞集》

1983《負·復·縛》

啟迪，這與現代舞強調高度概括的特點相同。排練之前，編導們統一思路，達成一個共識：《成語舞集》不是在說一段段的故事，而是把成語裏面的內涵深挖出來。

舞美設計上《成語舞集》採用了書法藝術，我特邀我的朋友書法家（當然他是美食家）蔡瀾先生負責創作，合作得天衣無縫。

舉一例，在〈疲於奔命〉舞章中引入了海南民間舞「打竹竿」的基本舞蹈語彙，配以現代電子音樂，用一成不變的旋律不斷重複，使得舞者必須一刻不停地跳動，不然腳就會被竹竿夾住，我就是用這種現代性的視覺意象表達成語——「疲於奔命」。《成語舞集》本身極富創意，又與香港舞蹈團的藝術宗旨非常契合。我希望《成語舞集》能使觀眾對舞蹈藝術的思想性以及舞蹈形象的思維有一點認識。演出之後，香港文化界對這個作品的評價相當高。

培養香港舞壇後備軍

擔任香港舞蹈團藝術總監之時，除了在舞團編排節目，還有一件事非常重要。當時香港演藝學院還沒有成立，本地舞蹈演員們都在各個私人舞蹈社裏活動，有點業餘的性質，加之當時從大陸湧入眾多舞者來港，同樣面臨生存難題，香港舞蹈團的成立在一定程度上解決了一大批舞者的就業問題。

舞團招聘之時，來報考的舞者非常多，其中大部份是從全國各地來的，每個舞者的背景和風格都不一樣，甄選時會遇到一些問題，比如條件水準都不錯的舞者卻年齡偏大、香港本地舞者在技術條件上相對弱一些，因此選擇基訓教材比較困難。當時香港演藝學院正在籌建，舞蹈學院負責人胡善佳先生（Carl Wolz）是位資深舞蹈藝術教育家，與我

一起討論舞蹈系教材的選擇問題。同時，考慮到未來舞蹈系畢業生有可能成為香港舞蹈團的舞者，所以我們接觸密切。在中國舞方面，胡先生和我積極地與內地的舞蹈學校溝通，我們一起考察了全國多家舞蹈學校，最後還是感到北京舞蹈學院的教材和師資最為全面而嚴謹，通過我的牽線，與北京舞蹈學院簽了合同，邀請中國古典舞和民族民間舞老師來演藝學院授課。

香港演藝學院培養了很多本地人才，這些畢業生在編創和即興上的能力都很強，也易於吸收新鮮事物。香港舞蹈團的舞者一開始以內地舞者居多，之後吸納了不少本地舞者，現在舞團中還有來自台灣、馬來西亞等地的舞者，這説明舞蹈團非常多元化，也符合香港這座城市的特徵。

2002《大地之歌》

成熟作品需要千錘百煉

從 1985 年起，我以自由編導身份在世界各地進行舞蹈創作和獨舞演出，後來轉向歌劇的編導工作，近十年來又忙着寫作，已經出版了八本書，創作軌道好像轉換了，對舞蹈的關注相對減少。

我認為一個作品是需要打磨的，所有作品都要經過編創、演出、改編，才能成熟，有時只有在演出的時候才能看到缺點，從而改進，越演越成熟。香港演出場地有限，往往一個節目只演幾場後就擱置了，我覺得很可惜。現在國內有很多劇場，每個省市都有自己的藝術中心，如果能早一點做演出安排，作品才可以更好地被推出去。對於創作者和表演者來說，也有機會讓作品更成熟。

2002《大地之歌》研討會

2002《大地之歌》

馮英偉

我們是一個幸運的團體

馮英偉先生是香港資深會計師，曾任怡和管理
有限公司集團財務總監、香港會計師公會前任會長
及香港商界會計師協會創會會長，現任西九文化區
管理局董事等職。2008年，馮氏受邀加入香港舞蹈
團董事局並擔任司庫，2013年任董事局副主席，
2015年11月擔任董事局主席。

2018《劉三姐》

2003《天蟬地儺》

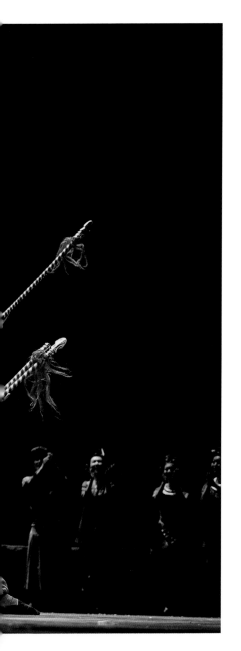

共同協作，達成舞蹈團使命

我是 2008 年加入香港舞蹈團董事局的，在我加入之前，董事局沒有會計師、律師背景的人，當時我有一位朋友就是舞團的董事，他問我有沒有興趣加入。我當時是否定的，因為我不懂舞蹈，但他說這都沒關係，董事局已經有舞蹈界的專業人士在，他們需要的是專業會計師給他們提供管治、會計方面的意見。出任舞團的董事，對我而言是一個新鮮事，所以我就答應了，加入董事局後我擔任司庫，負責了解和監督舞團的賬目和財務報表。

董事局成員來自各行各業，每個人都在自己的領域內頗有成就和影響力，也擁有很多人脈，可以為舞蹈團提供很多專業的意見。比如說，當出現公關問題時，董事局有公關專家、法律專家來提供對策；在商界和銀行界的董事可以幫助舞團籌款；還有幾位董事與政府的關係也很好，有助於我們與政府間的溝通。我通常都隨身帶着香港舞蹈團的名片，有機會就向別人介紹我們是甚麼藝團、做甚麼工作，我期待商界可以多多資助。

2018《劉三姐》

　　舞團的具體管理工作是交給兩位總監來做的，董事局執行監督和規劃職能。我與兩位總監的溝通很密切，通常每週都會碰面或溝通。我們的大前提是達成舞團的使命，以中國舞為主進行創作和演出，平均每年都有演出比較傳統的民族民間舞。

　　我們也會聽從舞蹈界和觀眾的意見和建議，有人說希望中國舞加入現代元素，我們去實施，比如丁偉導演的《劉三姐》中加入了嘻哈元素，我第一次看到這種融合，效果很好，有一些正面的評價，也增加了新的觀眾群，我相信未來可以在這個方向上多做一些工作。

希望人們一提起舞蹈，便想到香港舞蹈團

我希望香港舞蹈團是真真正正可以代表香港舞蹈的藝團，當人們想起舞蹈的時候就會想起香港舞蹈團，要成為讓香港人引以為傲的演出團體。我們有很專業的演出，但我希望不要太曲高和寡，也要有大眾可以接受的演出，來吸引更多觀眾。

未來不乏機遇，目前在西九文化區正在建造一個以舞蹈和戲劇為主的表演場地——演藝綜合劇場，預計 2025 年落成。這個劇場是世界級的，對觀眾很有吸引力，我希望香港舞蹈團可以成為駐場藝團，將有助於提高舞團的聲譽。現階段還不知道能否實現，最大的挑戰可能是資金，我們不知道駐場藝團要付多少租金，也不知道政府資助會否再提高，不過我們會向這個方向努力。

香港本地培養出來的專業舞蹈員不多，內地舞蹈員又不太願意來香港，因為香港的生活成本很高而工資相對少，所以香港對他們的吸引力不如從前了，這是一個比較嚴重的問題。我希望我們能獲得更多商界的資助，讓我們能提供更有吸引力的薪酬。

香港舞蹈團目前大約有七十位員工，每年製作演出、外訪都是很不容易的。外訪需要花很多時間去籌備、洽談，而香港本地演出也不容易，因為現在香港的製作成本很高，很多設計師和舞美師的主要工作地方都不在香港，而很多內地的從業者都不願意來香港工作，所以兩位總監的工作是困難重重的。我跟其他董事一樣，都很讚賞兩位總監對工作的熱誠及工作表現，員工們也都是上下一心去做事情，有現在的成就我很讚許。還有很多董事很愛舞團，他們提供專業意見給兩位總監，另外我們的藝術顧問都十分熱忱，所以我覺得我們是個很幸運的團體。

2021 《山水》

金寶龍

保住創團之初的宗旨

　　畢業於上海舞蹈學校，先後在上海歌舞團、日
本松山芭蕾舞團及香港舞蹈團擔任首席舞蹈員。作
為舞團早期的首席舞蹈員，金氏主演了多部作品。
1998 年，他代表舞團參加並主演了由著名舞蹈家、
舞劇編舞大師舒巧編創的大型舞劇《青春祭》，憑
藉該劇榮獲中國藝術界最高獎項———中國戲劇梅花
獎。金氏於 2000 年離開香港舞蹈團，回到內地創辦
金寶龍芭蕾舞學校。

1993《易水寒》

1993《易水寒》

1995《誘僧》

舒巧老師是我加入舞團的最大動力

1993 年，我加入了香港舞蹈團。當時我還在日本松山芭蕾舞團擔任首席，壓力比較大，彼時舒巧老師正任香港舞蹈團藝術總監，她建議我到香港發展。為此，我還專程來香港進行考察，看了舞團排練，與舒巧老師會面，這事便定了下來。舒老師的編舞成就有目共睹，我希望能夠與她多合作，多參與她的作品。

我在學舞的時候，全部舞種都需要學習──芭蕾舞、中國古典舞、民族民間舞、毯子功、把子功等等都學過。從芭蕾舞到中國舞，對我而言，差異不大，舞種的跨越也沒有任何難度。而且，舞團的基訓也是芭蕾訓練，只是舞蹈作品上偏向民族舞或古典舞。因此，比較容易融入。

在舞團裏，我跳了很多舞劇，其中印象深刻的是《誘僧》和《易水寒》。《誘僧》是李碧華的小説原著，應萼定老師編創，我喜歡這個題材。石彥生這個人物也比較符合我的性格，讓我更能專注於投入角色。為了飾演這個角色而剃了光頭，讓我印象更深刻。《易水寒》由梁國城編舞，他在人物和舞劇表達上花了很多心思。我飾演荊軻，我很喜歡這個人物。

1998 年，舒巧老師已經回到內地，在中國歌劇舞劇院創排大型舞劇《青春祭》。用舒老師的話説，這是她的封箱作品。舒老師認為我能夠滿足《青春祭》男主角的角色要求，於是向舞團發出邀請，希望我能參演。當時舞團很支持，於是我就到了北京，排練連演出歷時三個多月。舒老師提前把舞段編排好，我到了就直接排練。除了我以外，其餘都是中歌的演員，女主角是山翀，這次合作非常愉快。因為這個舞劇，我也獲得了梅花獎，是國內最高的藝術獎項。

順利而輕鬆的舞團生活

我進入舞團時感覺比較順利，舞團的同事們都很熱心友好，雖然我不會講廣東話，但他們基本都會普通話，語言溝通沒有障礙。初到舞團時，有些同事了解到我從芭蕾舞團來的，以為我只會跳芭蕾，每次基訓課後，會拉着我做中國舞的技巧動作，問我會不會做。沒想到我是全部舞種都有學過，不僅會做中國舞的動作，還做得比他們好，他們都很詫異。這件趣事我印象很深，一直記到現在，我覺得同事們都很可愛，他們都是善意的，與他們相處很愉快。

在舞團裏我是首席舞蹈員。當時在國內「首席舞蹈員」的概念比較少見，但在國外很常見，我在日本時候也是首席，所以覺得這樣的設置很正常。

總體而言，在香港舞蹈團的日子我感覺很輕鬆，這也是比較難得的狀態。早年在國內學習舞蹈、進入舞團，一直都有人管理，不用自己操心；到了日本，陌生的、全然不同的環境，甚麼都要靠自己解決，這段時間對我的歷練是刻骨銘心的；到香港後，整個人的狀態已經很獨立，並且能自如地應對工作生活的方方面面，從日常生活到舞蹈工作，壓力很小，整個人的狀態很舒服。

在香港工作七年，結識了一批舞團同事，認識了很多朋友，我們一起工作一起演出，彼此都留下了深刻印象，在香港的時光很愉快也很特別。

堅守初心，保持獨特的風格

我在 2000 年離開香港舞蹈團，回到內地，創辦了自己的芭蕾舞學校，也再沒有登台演出過。在內地我也關注香港舞蹈團的發展，舞團在內地演出時我也會去看，印象比較深的是前幾年的《笑傲江湖》，編劇是梁國城，編舞和主演的水準都很高。我去香港的時候，會回舞團看看老朋友，只是現在認識的人越來越少了。

現在我從事青少年的舞蹈教育工作，如果以後能有機會與香港舞蹈團兒童及少年團進行合作和交流，我是非常樂意的。

我希望香港舞蹈團能夠堅持創建之初的宗旨，堅守自己的風格，也希望推出更多好的作品，讓舞者去盡情發揮，這樣舞蹈團才能有更好的發展。

1995《誘僧》

楊雲濤

香港舞蹈團可以是一種模式

　　民族舞出身的楊雲濤先生有多年現代舞經驗，其主演的舞劇曾多次獲得國內舞蹈大獎。楊氏 2002 年加入香港舞蹈團並擔任首席舞蹈員，翌年榮獲香港舞蹈年獎。2005 年加入城市當代舞蹈團，2007 年回歸香港舞蹈團，應聘後擔任助理藝術總監，2013 年至今擔任藝術總監。

2002《水滸傳》

2003《十里不同風 百里不同俗》

從舞者到藝術總監

　　加入香港舞蹈團之前我已經分別在廣州和北京工作了六年多，我是民族舞出身的，但畢業後加入了現代舞團，所以我的身份是現代舞者。然而現代舞需要更多勇氣和探索精神，而我本性是喜歡安穩的，思考着自己未來還能做甚麼，於是想換個環境，抱着這樣的目的來到了香港。

　　我在舞團適應得很快，起點也高，一來就擔任首席舞者，第二年就獲獎。可是，我的身體承受了很大的壓力，經常跳主角讓我吃不消，那個時候我冷靜下來思考自己到底想要甚麼。有次跟朋友吃飯，他說「你就安安靜靜跳舞就行了」，我對這話感觸很深。恰好彼時更換藝術

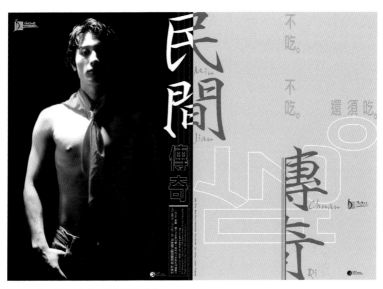

2005「八樓平台」《民間傳奇》

總監，我趁着這個機會離開了舞團，去了城市當代舞蹈團。那年我剛好三十歲，在那裏我思考了很多舞蹈創作的事。我在城市當代舞蹈團的時候，經常回來給舞團編舞，跟舞團的董事和舞者關係都很好。過了幾年，舞團邀請我回來做客席編舞，我就又回來了，通過應聘成為了助理藝術總監，一直留到了現在，2013 年成為了藝術總監。

　　我一路上遇到了很多貴人，幫助我走到現在這步。我覺得報答這些人的方式就是認認真真地工作。回到香港舞蹈團我開始全身投入創作，我尊重舞團的藝術風格，並在其中尋找我的創作空間。劇目方面，相比於原創舞劇，我在挖掘和改編傳統故事的過程中找到了很大的空間，我認為現階段的創作就是思考該如何把自己放進故事裏去。依附在這些已經成形的故事上，我更容易沉澱出我想表達的東西。

關於創作

關於創作，我思考最多的就是「你在哪裏」。一百個人都可以排《倩女·幽魂》，為甚麼我要排？我的角度是甚麼？從創作角度出發，我越來越放棄所謂傳統舞、現代舞這些條條框框的東西，因為創作有時候是一件很隱秘的事情，只存在於創作者和作品之間，第三人很難去理解，但是把握住情感的共通才是最重要的。

如何處理傳統與現代的矛盾關係？我覺得在任何地方、任何藝術類型都會碰到這個問題，但在香港這座城市該如何處理？香港舞蹈團又該如何處理？對於舞團而言，題材、風格只是一小部份，這個「一小部份」往往只是作為一個起點，就像點火一樣，先將它點燃，之後怎麼燃燒也不完全依靠點燃這一刻。我覺得先建立辨識度，舞團不局限於只做本土題材，我希望香港舞蹈團是一種模式、理念和角度，再淺白一點，是一種包裝，並不妨礙它在以後做任何題材。

我的創作方式是集體創作，在排練中我是很開放的，我希望每個人都能在其中找到自己，可以説在情節處理和人物關係上，我是綜合了大家的意見。很多事情越辯越明，我不希望任何人輕易放棄自己的觀點，我們創作就好像瞎子摸象，我的責任是告訴大家要相信我們正在摸索的東西，而我希望別人可以把他摸索到的東西告訴我，我很享受這個過程。

另外，香港舞蹈團擁有「八樓平台」，這是一個誰來了都是舞者的地方，這裏不存在層級職務之分，任何人都是平等的。我常對舞者説，如果你覺得平常工作壓得喘不過氣來，那就去「八樓平台」吧！這裏有點像演員的秘密訓練基地，可以自編自演，也可以與其他人合作，沒有票房壓力，也不存在所謂風格，這裏就是舞者的舞台。我認為「八

2015《倩女・幽魂》

樓平台」的存在就是它的重要價值，平台已經發展十多年了，規模越來越大，已經開始邀請海外的藝術家合作演出了，我希望通過這個平台讓大家看到香港舞蹈團的開放性。

關於管理

在舞團藝術人員管理方面，我的優勢是擅長溝通。目前舞團沿襲的是首席制，沒有固定的競爭機制，因為相比於任何機制好的一面，我更看重它不好的一面。藝術團體歸根到底是人的事情，藝術本身沒有標準，而是感覺，感覺來自個人，個人就是偏見，所以我不願意制定機制來束縛住手腳。

同時，為了增加舞者的演出機會，在一些重演劇碼中我會安排ABC 組，提供機會給展現出渴望表演的舞者。對於舞者的考核，我會思量得較為複雜：舞者的能力和技巧只佔兩成，另外八成要看人本身。舞蹈是個既個人又群體的藝術，如果沒有自我，藝術則不成立，首席舞者肯定是出類拔萃的。可是，不能自己跳得好就可以，要看得見自己也要看得見別人。如果我們是上場打仗的軍人，我是主帥，首席舞者就是將軍，他們是要獨當一面的，要影響到其他人。

關於未來

香港舞蹈團需要獲得更多關注、製造話題，改編馬榮成先生作品的幾部舞劇就是嘗試，是為了舞團尋找「本土題材」而進行的嘗試。對於那些從未走進過劇場的漫畫迷來說，如果我們的舞劇能在他們的心裏

2020《一水南天》

埋下一顆種子，以後他們能再買票來看演出，我覺得就足夠了，這就是藝術推廣。

我覺得舞團每分每秒都在接受挑戰，時時刻刻面臨生存問題，所以我們要珍惜舞團的存在。我覺得不論我們做得多好都是應該的，還應該更好。我們要保持危機意識，要敬業，真心誠意地對待這份事業。天道酬勤，不求別人的讚揚，至少在遇到別人誤解的時候自己不會心虛。

舞團成立四十週年了，從數據上看這十幾年來舞團是高速發展的階段，我有信心舞團會越來越好。我想讓香港舞蹈團成為世界一流的舞團，我很享受它現階段高速發展的狀態，希望舞團能夠增加辨識度，讓我們這代人去奮鬥，繼續發展。

謝茵

有責任是件幸福的事

2002 年加入香港舞蹈團擔任首席舞蹈員及參與創作，憑「八樓平台」《民間傳奇》（2006 年）與伍宇烈等之集體創作及編舞、《風水行》（2008 年）與陳磊之創作，兩度獲得香港舞蹈聯盟主辦之香港舞蹈年獎。謝氏自 2012 年起擔任香港舞蹈團少年團藝術統籌及導師，2012 年至 2014 年獲邀出任香港演藝學院中國舞系客席導師，2014 年起任香港舞蹈團駐團導師，2021 年 1 月晉升為香港舞蹈團助理藝術總監，履職至今。

2005「八樓平台」《民間傳奇》

初來乍到

　　我是 2002 年 3 月 27 日加入香港舞蹈團的，之前我在北京中央歌舞團工作，恰逢香港舞蹈團到北京招聘首席舞蹈演員，我有幸通過面試，因而來到了香港，自此與舞團結緣。

　　入團不久，舞團就開辦了「八樓平台」，幾個志同道合的同齡人志趣相投，開始嘗試編舞創作。舞團通過「八樓平台」邀請了不同知名編舞家來合作，他們會向舞者拋出一堆問題，比如：民間舞是甚麼？為甚麼這個是民間舞？那時候我們並不理解。因為在以往的學習模式裏，比較少機會能夠碰到以這種方式創作的老師。對比我們大學期間的學習，老師會強調怎樣去做，怎樣跳才最完美，執行力和動作完成度是第一位的。所以，當他們拋給我們這些問題的時候，對我們的觸動很大，促使我開始從另一種角度去思考對舞蹈的認識。

2008「八樓平台」《風水行》

　　有一次，與朋友閒談的時候，我被他的一句話提醒了，他說：「在教的時候才真正發現自己學到了甚麼。」繼而我在演藝學院教課的過程中，都以這句話來反思教學和創作，以至於以後無論作為舞者或編舞，不斷自我發問是整個過程中最有得益的方式。現在回想起來，很感謝每一位合作過的老師和朋友，他們為我打開了一扇扇新的大門。

新的可能

　　2011 年至 2014 年我由首席舞蹈員轉往兒童少年團擔任藝術統籌，這段經歷令我對舞蹈的概念不僅僅局限於舞台，而是將統籌、編創、藝術行政、管理、教學的環節都統統包含在內。之後能夠回到大團擔任駐團導師，也得益於那段工作時間給予我的各種經驗積累。雖然離開了表演舞台，身體也回不到二十多歲的狀態，又不想離開舞蹈，那自然要尋找下一種可能來更加豐富自己。

2003《十里不同風 百里不同俗》

2020《一水南天》

一件幸福的事

　　回想起剛進香港舞蹈團的時候，演出相對比較少，事情不會重疊得那麼多；現在所有計劃和安排都要更加細緻，責任感更重，需要隨時轉換不同角色，同時處理幾件事情，這種工作模式是舞團最大的變化，也讓我有更多成長的機會。現在，當我緊張忙碌地完成一系列工作，最後能安然坐在觀眾席，欣賞舞者們表演的時候，是一件令我深感欣慰幸福的事。

　　舞團是一個充滿機遇、挑戰和無限潛力的地方，四十年來眾多同事共同的努力造就了她獨有的靈魂、理念、精神和責任。

華琪鈺

經歷過了的東西會不知不覺長在你身上

　　台灣舞者，獨闖香江二十載，香港演藝學院畢業後加入剛完成公司化的香港舞蹈團，至今活躍於舞台之上。華氏憑藉《舞‧雷雨》（2013年）、《梁祝‧傳説》（2015年）、《白蛇》（2018年）三奪香港舞蹈年獎，該獎項由香港舞蹈聯盟主辦，華氏成為了自2010年該獎設立個人獎項以來第一位三次奪魁的舞者，創造了香港舞壇前無古人的紀錄。

2019《弦舞》

塔娜伴隨我經歷人生不同階段

　　我在香港演藝學院遇到了我的恩師劉友蘭老師，她在我二年級時來做中國舞系主任。當時我們有個共識，就是如果想在香港的舞壇繼續發展的話，就要進入香港舞蹈團。舞團公司化後對外招聘，我很幸運地被選中，就這樣進入了舞團。初出茅廬，哪怕是最不起眼的位置也想跳。後來慢慢接觸到其他藝術類型，我意識到學其他舞蹈也可以讓身體得到進修，而且開放了思想。

　　我覺得《塵埃落定》中「塔娜」這個角色對我影響很大，因為她在我生命中的不同階段進行重演。

　　2006 年首演的時候就是由我來出演，那也是我第一次擔任角色。那時候可能對人物的領悟力不夠透徹，處理人物關係也不成熟，編舞老師覺得我跳起來沒有女人味，看起來就像一個小女孩在跳。到了第二年重演的時候，我剛結了婚，我自己能感覺到一些變化，能掌握住每個動作的精髓，知道每次出手和抬腿的意義何在。第三次重演時，我剛生了小孩，既想跳這個角色又擔心自己勝任不了。可是，生孩子不知不覺中帶給我心理的成熟和心態上的轉變，那個時候再跳，老師很滿意，覺得我充滿了女人的味道。

　　一個舞者的成長不止在於動作做得多完美、腿抬得有多高，反而是人生閱歷。有些東西你一定要經歷，經歷過了的東西會不知不覺地長在你身上，然後將一舉一動、一顰一笑、每個表情做到有不一樣的東西。

　　年紀對於一個舞者來說是天敵，偏偏是要經歷這個年紀，你才會了解到更多東西，這些東西會幫助你表演得更精進。可當你有了這些經歷，身體條件卻不如年輕時候那麼好了。所以，要有很強大的堅持心態和毅力才能走過來。

2014《塵埃落定》

香港舞蹈團變得更開放了

　　香港舞蹈團最吸引我的是製作上可以讓我接觸到不一樣的節目，每年除了最基本的中國舞劇，還有接觸外來團體、偏向現代舞的實驗劇場，一年之內可以跳到不同類型的舞種。這個對舞者是很有益的，因為我跳傳統中國舞未必能讓我的肢體得到充份開發，當跳別的舞的時候，可以幫助我的肢體達到更多可能性，再跳回中國舞的時候，動作、感覺又會不一樣，相互啟發。

　　另外，香港舞蹈團的包容性很大，很少有一個舞團允許舞者跳到四十幾歲，而且還讓你跳，並沒有放棄你。舞團也不會帶着異樣的眼光看待我們這些生過小孩的媽媽，我不是第一個在這裏生小孩的舞者。舞團會給你機會繼續跳，至於能不能跳好就是你自己的事情。我很感謝現

2017《白蛇》

2014《梁祝・傳説》

在的藝術總監，在我生完小孩回來的第一年就給我一個很重要的角色，也就是我第二次獲獎的那個角色（《梁祝・傳説》中的孟姜女）。我感覺他有非常大的勇氣去相信我，這份信任是很難得的，所以我很感恩有這些機遇。

我自己做事就要做好，生完小孩回來我不允許自己是來混一混的。剛接角色的時候，我恢復得很辛苦，不停地排練，私下也不停地練習，付出的艱辛只有自己明白。所以再次拿到獎的時候更開心，因為過程有多苦，嘗到最後的果實就有多甜，那一次是真的很興奮。

在舞團這麼多年，我覺得這裏更加開放了。我記得剛進團時，一年只有五台大型演出，其他任何演出都不做。到了現在是每年無數演出，還會跟不同類型的藝術團體合作，融入更多元素。以前也沒有香港本地編舞家參與，但在幾年前開始接觸本地編舞家。現在香港舞蹈團的節目也不是傳統意義上的民族舞、中國舞劇，會糅合現代舞的表現手法跟舞美設計。對於舞者個體，因為可以跟別的藝團接觸合作，也有機會跳到角色，所以眼界更開放，機會也更多。

沒變的應該是舞蹈教室。我老公有張照片，照的是八樓的走廊，是我跟我老公牽着小孩的照片。他上面寫的一句話：「十七年前，我是一個行李箱在這個走廊；十七年後，多了個老婆，多了個小孩在這個走廊。」這句話很感慨，同一條走廊，但人有很多轉變。

何皓斐

「相信」是一種強大的力量

2009 年畢業於香港演藝學院，獲頒藝術學士學位，主修中國舞，副修編舞。2010 年加入香港舞蹈團，其作品《守護》榮獲紫荊杯國際舞蹈邀請賽 2013 雙人舞組金獎。2019 年 5 月晉升為香港舞蹈團高級舞蹈員，為「中國舞蹈與中國武術之交互研究與成果呈現」計劃之研究員之一。

2021《山水》

在大樹下開花結果

我進團已十一年，說長不長，說短不短，我覺得自己現階段是處於一種比較成熟的狀態，更着重自己內在思想、內涵方面的發展，我覺得跟舞團現時的方向有些相似。香港舞蹈團來到現在走過了四十年的路，愈趨成熟，同時也開始改變，在承傳中國傳統文化的同時，不斷加入新的元素，感覺是更有活力和創造力。舞團就像一棵大樹，我在這裏跳舞，可以跟不同的藝術家合作，交流切磋，還有機會教學和嘗試編舞。工作以外，最大的收穫是我在這裏認識了我太太，建立了自己的家庭。我在舞團不斷地吸取養份，慢慢成長，造就了現在的我。

每個人都是獨一無二的

香港舞蹈團的舞者有來自內地、香港、台灣、馬來西亞等地方，我是土生土長，在香港接受舞蹈訓練的舞者。相對來說，內地來的舞者多是從小接受系統性的專業訓練，一般而言，他們的基本功會比較紮實。雖然大家來自五湖四海，成長文化背景不同，但我看到更多的是每位舞者都是獨立個體，每個人都有長處和短處，皆是獨一無二的。特別是舞蹈作為一種肢體表演形式，不同的舞者跳一樣的動作，呈現的感覺都是不一樣的。相對於技術或身體條件，我覺得每個人都可以跳出屬於自己的質感，正是大家各具特色，才令這個團隊充滿生機和變化。個人而言，我認為自己最大的特點或長處就是對舞台和舞蹈的熱情，以及在台上的投入感，我非常珍惜在台上的每一個瞬間。

舞團也很着重栽培舞者，會讓我們學習不同東西，譬如安排老師教我們唱歌、演戲和打鼓等，這些都可以豐富大家作為一個表演者的能力，以至發揮個人潛能。像我五音不全，咬字不清晰，但通過學習，也

2019 武術中期演出

可以上台參與戲劇演出，挑戰自己。我覺得接觸不同的藝術形式，或許當下並不會直接令你改變，但假以時日，在未來的某一階段、某一時刻，那些留在了身上的東西可能才會發揮影響，啟發到你萌生另一些想法，甚至引領你去到另一些地方。

學會「相信」，堅定地向前走

2018 年我參加了舞團首次策劃的三年跨界藝術研究「中國舞蹈與中國武術之交互研究與成果呈現」計劃，當時連同我在內，有約十位舞者一起定期學習中國南方武術，目標是提煉武術中的元素，放進舞蹈創作中。在舞團藝術總監楊雲濤先生的帶領下，我們參與了兩個演出，其

中的項目中期演出可說是我入團以來印象最深刻的演出。武術對我們來說是一種新的肢體語言，當時是純粹去呈現我們學習到的東西，沒有編舞和轉化，但那次階段性展演給我內心帶來具大的震撼，我認為是突破了個人極限。跟同伴們連結在一起向着同一目標努力，大家一起挑戰極限的那種凝聚力，深深打動了我，至今仍非常難忘！

　　經歷三年的學習和轉化，2020 年底我們共同編創了舞 x 武劇場作品《凝》，以至 2021 年 5 月製作的《山水》，其創作方式跟以往舞團的節目有很大的不同。這兩個作品在某程度上突破了舞團歷來的框架，它不是要說故事或讓舞者扮演甚麼角色。以排練來說，以往我們演出可能要看很多書或電影，去了解這個人物，或嘗試代入角色，再通過自己的理解把人物特質呈現出來，會更多的思考「如何演」。相反，《凝》和《山水》則不需要代入任何情節或人物之中，它的表演形式是把注意力放回個體身上。我覺得性格很重要，你的性格會直接影響到你在這種表演形式中所呈現的感覺。這種表演形式會令你找到自己，一個當下的自己，讓你毫無雜念地了解自己的身體和感受，是一種內觀自身的過程。《山水》讓我感受到大家的精神凝聚在一起，那種能量讓我很感動。這三、四年間，我學會最重要的一件事，就是「相信」，相信自己的身體，相信自己的感受，相信自己的可能性，相信自己的同伴，相信做任何事都是有意義和有得着的，付出是不會白費的。就是學會相信，它給了我力量，讓我堅定地向前走，信念可以激發人的潛能和意志力。

2011「八樓平台」《舞飛揚》

2020《凝》

傳統文化底蘊是一個寶藏

我們是傳統中國舞訓練出身，經過這麼多年的經驗積累，深深感悟到中國舞最重要的是你要找到它的文化底蘊，如何把東方的哲學和思想透過不同手法展現出來，凸顯中國舞的魅力所在。中國舞豐富多樣，與其定義它，我認為應該更着重於舞者的身體表達，把注意力放到如何呈現之上。嘗試去了解為何動，發掘動作底層的原因，找到的時候，你可以再定義自己跳的是甚麼舞。就編創而言，也不一定要把思維限制在中國舞、當代舞或其他舞種中，關鍵是找到內在的東西。中國傳統文化當中有很多具價值的東西值得我們學習和傳承下去，我的領悟是在傳承和開創之間，要不時回頭審視傳統文化，否則我們會失去了它內在的核心，同時不能固步自封，也要思考怎樣開拓。譬如說，這些傳統的元素，對於編舞者，對於自身的意義是甚麼？然後再通過個人生活經驗去轉化、呈現和發展，這是我對傳承與創新的理解。

在不同崗位挑戰自己

未來五年，我希望自己可以感染到其他舞者，為舞團帶來更多活力。除了演出、編舞和教學，甚至可以嘗試幕後工作。我認為在不同崗位和身份去看同一件事，會有不同角度和處理手法，我期望透過嘗試不同工作讓自己的思想更豐富。香港舞蹈團是一個包容性很強的地方，我們每年製作不同類型的演出，非常多元化。經過《凝》和《山水》這兩個作品，我覺得舞團找到了屬於自己的一種特色，希望日後會看到這方面的延續，慢慢建立和發展屬於香港舞蹈團的標誌性元素。

劉玉翠

不可或缺的行政後援

　　2001 年加入剛公司化的香港舞蹈團，從專業的
會計師搖身一變成為了集財務及行政於一身的「管
家」，為舞團藝術創作提供服務和支援。劉氏現任財
務及行政經理，是香港舞蹈團最資深的員工之一。

2015《倩女‧幽魂》

2002《媽勒訪天邊》

香港舞蹈團的管家

我在 2001 年 12 月加入香港舞蹈團,那時候舞團剛完成公司化,我擔任會計和行政主任,同時處理財務及行政兩方面工作。

加入舞團前,我分別在會計師事務所和普通企業做過會計,過往工作經歷偏向審計,而舞團的會計工作比較零碎,管理往來賬目、每日收入支出、資金管理等。行政事務更加瑣碎,整個辦公室的管理都是我們的職責,遇到硬體設施問題時,還需要與上環文娛中心的管理部門協調。總體而言,我的工作與其他公司的會計行政工作是差不多的,我們與藝術家是間接合作,提供財務及行政上的支援。

2007《清明上河圖》

　　財務上，我們最主要的職責是開源節流。香港舞蹈團在一定程度上依賴政府資助，我們的發展方向之一是減少對政府資助的依賴、爭取降低資助的百分比。開源方面，我們積極尋找贊助、增加外訪演出；節流方面，則是控制成本、恪守預算。

　　行政上，我們類似「管家」角色。舞團是政府資助團體，工作具體上都要參考政府的政策，每年都需要進行審計並將報告提交給政府作為考核內容之一，所以我們也要做好內部監督。我們的工作比較刻板，要在採購、報價、報銷、審批等環節提醒和指導同事們遵守程式規範，很多時候要做溝通工作，同事們都很友好，很配合我們的工作。

我們這個部門集財務、行政、人事、董事局秘書於一體，其中人事管理還包括招聘、薪資管理、保險等，事務比較繁雜，工作跨度很大。我自己，包括我部門的員工，還在不斷地學習中，每次遇到的問題都不一樣，處理方式也不相同。

這個部門在我入職時是五個人，現在還是五個人，人數沒有變。在有限的資源內，我們無法增加人手。這麼多年來我們的工作量明顯增加了，工作壓力繁重，在工作分配、時間分配上是個挑戰。

二十年的情感紐帶

我不是資歷最深的員工，有些同事在舞團公司化之前就已經入職了。我在舞團工作已經將近二十年，在進入舞團之前我對這個藝團並不了解，後來看過演出才知道原來中國舞這麼美，中國舞舞劇可以有這麼深刻的情感共鳴，非常喜歡。我進來後看的第一個演出就是《媽勒訪天邊》，是現在的藝術總監楊雲濤主演的，一直到現在我都覺得那是我看過最好的舞劇。

香港舞蹈團的工作氛圍很好，同事間的團隊合作很友善。儘管工作繁重又瑣碎，偶爾還要處理突發事件，但我對舞團已經有很深的感情了，所以一做就做了二十年，看到我們的舞蹈員跳舞會感到很親切、很開心。

2017《白蛇》

　　舞團很多方面都在變化，可以說是「生機勃勃」的。首先，我們的演出活動增加了，種類也更豐富。剛公司化後的舞團，全年演出大概只有十幾場，現在每年接近五十場，還不包括外訪演出。以前可能很多年都沒有外訪，現在大概一年就會到好幾個地方。演出增加了，票房也提高了，與其他藝團相比，我們的演出票房不算高，但跟我們自己比較，票房是逐年增加的，是很好的成績。第二，我們的形象更年輕化，無論海報、年報、宣傳等，設計更富現代感了。最後，整個工作效率提高了，工作量增加，人手有限，但我們不斷內部檢討工作方法和不斷引入科技協助工作、提升自我能力和提高工作效率。

游石堅

觀眾不知道的幕後故事

1982 年加入市政局轄下的香港話劇團，至 1989 年被調配至香港舞蹈團，任執行舞台監督，至 2021 年榮休。游氏於舞團服務超過三十二年，為各類型製作提供不可或缺的技術支援。

1990 台北市傳統藝術季

由「市政局年代」到「公司化」

我從前的正職是會計，工餘時間在明愛轄下的青少年中心幫忙籌辦活動及製作一些小型戲劇，主要負責幕後事務。當年幾個朋友相約應考香港話劇團技術部門，大家都成功考上，順理成章就轉了行。入行的時候，香港演藝學院還未建校。沒經歷過學院訓練，也沒有特別拜哪個老師門下，只能依靠熱誠和經驗。入職後，團內舉辦了一些後台工作相關課程，我都會參加，逐步學習。其實不論任何工種或崗位，沒有人能夠完全「學懂了」才上任。隨時代發展，必須邊做邊學。

當年，香港話劇團與香港舞蹈團可以互相調配人手。1989 年，我正式加入香港舞蹈團。事實上，兩個團的工作模式非常不同——戲劇有對白、燈光、佈景、道具……全部按劇本指示安排就可以了；舞蹈則沒有詳細劇本，只能靠聽音樂和繪圖記錄位置。相對來說，舞蹈作品的舞台指示不是那麼「具體」。創作過程中，編舞與我都需要保持密切溝通。

1999 年市政局和區域市政局解散，香港舞蹈團屬康樂及文化事務署直接管理的職業藝團，至 2001 年註冊為公司。市政局年代，只有行政人員屬於公務員，技術人員全部都是合約僱員。舞團「公司化」的時候，我們就轉任為公司的全職員工。雖然行政架構改變了，但舞團製作不斷，技術部的工作一如既往。

1992「香港節 92」

1992《紅雪》

舞台技術日新月異

執行舞台監督負責在演出當中給予所有關於燈光、音響、佈景等的技術操作提示，業內稱為「cue show」。我「cue show」時不會感到特別緊張，像玩遊戲機一樣，刺激、有趣。後台工作最吸引之處莫過於群體合作，一起解決問題。以前香港表演場地不足，場地可供租用的時間很少，我們只有兩天時間「入台」（台前幕後到演出場地設置及綵排），第三天就正式演出了。當年的燈光、佈景等設計不會比現在的設計簡單，而且以前沒有「電腦燈」，每盞燈都靠人手調校位置，我們都是通宵趕工的。遇到突發問題時，大家一起「執生」處理。記得有一次，佈景搭建完畢後，導演要求更改地板顏色。入台時間本來就不夠，於是我們匆匆忙忙鬆上新的地板顏色、用盡方法趕快吹乾它、濃縮裝置及綵排的時段，結果順利完成演出，有驚無險。

舞台技術可謂日新月異，以前幾乎全靠人手操作，現在都用上電腦科技。記得舒巧老師的《畫皮》中有一幕，台上的桌子需要自動旋轉。怎麼「自動旋轉」呢？現今舞台技術機械化，怎麼旋轉都行；當年的做法是藏一個工作人員在桌子下面，人手抬着桌子轉動。桌布要完全遮掩工作人員，轉動的時候還不能讓他的腳露出來。製造煙霧效果也是很有趣的，現在有煙霧機、乾冰機，操作相對簡便；當年的做法是由工作人員在後台燒熱水，然後把熱水倒在台側的乾冰桶裏，全人手製作。

說到最難忘的外訪演出，不得不提 1992 年在昆明演的《紅雪》。當時，演出場地的工作人員都不懂普通話，他們只說方言，我們完全不能溝通。他們負責轉換佈景的工作人員需要拉動繩索（flys），我們說「向上拉」，他們聽到「向下拉」；我們說「向下拉」，他們卻聽到「向上拉」。言語不通，於是我造了兩支旗——紅色代表「上」；綠色代表「下」。整場演出，後台人員都靠動作溝通。

1992《紅雪》

也無風雨也無晴

　　我覺得現時業界已經做得很好，未敢有甚麼寄語。科技不斷進步，天知道未來可能會發展到一部電腦就能控制舞台上所有設備呢。對退休生活也說不上有甚麼憧憬，計劃趕不及變化，誰能料到這一兩年間疫症對社會有這麼大的影響？回首近四十年舞台生涯，也無風雨也無晴。舞台工作講求群體合作，非常幸運能夠遇到一群好同事，大家合作愉快。從前外訪演出，大家下班後都會相約一起尋覓美食，都是美好的回憶！

攜手

見證

丁偉

香港舞蹈團前瞻性的發展讓我大開眼界

　　國家一級導演，曾任中央民族歌舞團團長，編創了大量優秀舞蹈節目，特別聚焦少數民族舞劇的創作。丁氏與香港舞蹈團合作過四部舞劇，分別是《媽勒訪天邊》（2002年）、《十里不同風、百里不同俗》（2006年）、《天蟬地儺》（2013年）和《劉三姐》（2018年），每部作品都在香港舞壇掀起濃濃的民族風。

1985《玉卿嫂》

首次合作的驚喜

迄今為止，我與香港舞蹈團合作過四部舞劇，印象最深的還是第一部《媽勒訪天邊》，那也是我第一次不在國內排練舞劇。

2000 年我編創了大型壯族舞劇《媽勒訪天邊》，獲得了第二屆中國舞劇「荷花獎」金獎。時任香港舞蹈團藝術總監蔣華軒老師觀看了這個作品，他就邀請我到香港排練。我當時還是個很稚嫩的編舞，對於他的邀請有些誠惶誠恐。2001 年來到香港舞蹈團排練這部劇，現任藝

1987《黃土地》

術總監楊雲濤先生是這部劇的男主角，後來他憑藉此劇獲得了 2003 年香港舞蹈聯盟舞蹈年獎「傑出男舞者」。

這部劇演了三場，每場都是滿場。這次合作經歷也着實讓我大開眼界，因為香港舞蹈團從行政管理、運作方式、劇碼選擇到表演方式，跟國內體制下的藝術院團完全不一樣。商業化的運作、嚴謹的藝團管理，加上舞蹈員的投入，這些至今都令我難忘。

「酒香也怕巷子深」

內地的藝團無憂無慮地在體制內生活了幾十年，體制改革將他們直接推到市場面前，剛開始大家都是驚慌失措的，不知道怎樣把觀眾吸引到劇場看演出。在內地，藝術家與觀眾也是有距離的，有相當一部份人認為藝術家就應該保持獨立，觀眾喜歡與否都不重要，但在市場化的環境中，這是行不通的，沒人來看演出就是殘酷的事實。

香港舞蹈團很早就意識到市場和觀眾的重要性，2001年我排練《媽勒訪天邊》時，時任行政總監不斷提醒我「要滿足觀眾的需求，讓觀眾看得懂」，票房的進展是重要的，這跟國內的概念截然不同。

此外，我也第一次了解到一個作品可以這樣去宣傳：在劇場外有很大的海報、印製很多宣傳冊、演出前有導賞活動、演出後有座談會等。現在演後座談會已經很普及了，但當時在國內確實沒有過，我驚訝於以這樣的方式來處理與觀眾的關係。我是第一次這樣近距離與觀眾面對面交流，也知道了一個作品是多麼需要聽到觀眾最基本的想法和要求。在香港經歷的這一切對我日後處理藝術行政事務時，起了很大的幫助作用。

香港發展中國舞具有前瞻性

香港舞蹈團的藝術成就得益於中西文化融合，在西方文化氛圍中依然有一部份熱愛中國文化的人在孜孜不倦地耕耘。香港舞蹈團的劇碼選擇很大膽，同時又很有中國傳統味道，比如愛情悲劇《玉卿嫂》、革命題材《黃土地》、藏族舞劇《達賴六世情詩》等，劇碼題材十分豐富。

香港的電影、音樂、文學等流行文化影響到內地；而內地的舞蹈藝術對香港的影響卻相對少。因為舞蹈是小眾藝術，很多人不了解中國舞是甚麼樣子，再加上刻板印象，大眾對中國舞的認識有限。香港對中國舞的繼承和發展是很有前瞻性的，香港舞蹈團也經歷過很長時間的徘徊、掙扎和尋找，舒巧老師來到香港後對香港舞蹈團做了很大貢獻，現在香港舞蹈團成為了中國舞領域重要的舞團之一。

1988《達賴六世情詩》

2002《媽勒訪天邊》

2003《十里不同風　百里不同俗》

2013《天蟬地儺》

張曉雄

中國古典美學要以當代為立足點不停突破

資深舞蹈家及舞蹈教育家，張氏鑽研東西方舞蹈
體系逾二十載，建構了系統性的當代舞訓練體系，他
的教學與創作足跡遍及澳大利亞國家舞蹈劇場、香港
舞蹈團、廣東現代舞團、台灣雲門舞集等。

1996《七月流火》

2014「八樓平台」《古韻・今釋》

1996《七月流火》

將古典藝術與現代藝術割裂開來是一種假性對立

我跟香港舞蹈團最早的合作要追溯到 1996 年，1995 年我把工作重心遷回到香港，香港舞蹈團時任藝術總監應萼定老師邀請我到舞團授課，1996 年發表了《七月流火》。後來我遷到台北工作，一直到楊雲濤上任藝術總監，他邀請我給舞團教授系統的當代舞技巧課程。2014 年創排了《古韻・今釋》，其中上半場為我的作品《春之祭》中之〈祭禮〉，下半場為《如是》。

那次的合作很愉快，舞者們到最後都非常投入，他們的轉變是很明顯的，演出效果相當令人驚豔，我非常滿意。我們的排練週期很短，大概只有兩週，完成從無到有的過程。四個樂章《夏荷》、《秋別》、《寒江》、《廣陵散》，對男女舞者的挑戰都很大，這種挑戰更多是觀念上的突破。很多舞者都是中國古典舞專業出身，他們對古典美的追求強調於形式；而我會用當代的角度、從古典文學或古典音樂出發，去看古典精神，這是一種當代的詮釋，而不是模仿古人。舞者們到最後都進入到這種對古典美精神的體驗中去，他們都有很好的訓練底子，只要把觀念打開，他們身體的財富是可以被轉化的，身體的可能性就更大。

排練時有一個練習是讓舞者用身體的關節去書寫漢字，這是我在創作中常用的手法之一，目的是讓舞者先忘掉規範式的動作，進而專注於一個限制中發揮身體的最大可能性。這個練習對很多中國舞者來說是陌生的，因為這是拿掉了他們可以展示身體的機會，需要他們進入身體想像的創作狀態。當時有個舞者對此提出了挑戰，他認為中國舞古典的東西就是舞劇，有故事、情節、人物，拋開這些所表達出的東西是故弄玄虛。我藉此機會對他們講：我們所看到的中國舞、中國舞劇這些概念和形式都是現代的創作，中國古典沒有舞劇的，就連中國舞這個概念其實也是在 1970 年代所創造出來的辭彙，並被大家接受，在國內這被稱為古典舞或民族民間舞。所以說，如果認為中國舞才能代表中國古典

美學的話，這在觀念上就錯了。其次，將「現代」、「當代」這些概念當做西方的產物，與自己文化的東西割裂開來，造成一種人為的虛假對立，這種對立廣泛存在於我們的制度和教育體系中，而這本不應該存在。

藝術的本質就是不停打破陳規、不停創造，我們本根的文化或多或少影響和制約着我們的思考模式，也在支撐我們的言行。在當今環境中，我們說的東西是否能讓大家理解、是否能完整的表達出觀點和意志，這才是比較重要的。

香港舞蹈團要不停突破

香港舞蹈團存在於香港這個東西方文化滙集、思想觀念互相撞擊的城市，是一種「天時」，對於藝術創作能有這樣的激盪是非常可貴的。另外，香港舞蹈團得天獨厚，得到香港政府的大力支持，擁有相對完善的組織架構和行政支援，有充份的資源來製作作品。對於很多現代舞團來講，香港舞蹈團擁有令人艷羨的先天優勢。

楊雲濤總監對舞團有一些期待，期待他們不要墨守成規，打破迷失，能夠在當代的立足點有更大的發展和突破。我感受得到他的期盼，所以他邀請我過去的時候，我也希望能在身體使用上或肢體美學上給予舞團一些新的信息。

我認為，所謂的中國舞不是只限在一種墨守成規的美學裏，可以用更宏觀的觀點去做更大的突破和創造，我覺得這個是楊雲濤總監努力的方向，是非常值得期待的一件事。

2014「八樓平台」《古韻．今釋》

盛培琪

期待看到更多不一樣的作品

　　盛培琪教授，三十多年來一直致力於培育中國舞蹈人才，自 1989 年起多次在香港演藝學院舞蹈學院任教，並於 2003 年起擔任中國舞系系主任至今。教學之外，她亦是香港舞蹈團及香港舞蹈總會的藝術顧問，多年來關心本地舞蹈界發展，並期望舞蹈團繼續拓展演員的個性並充份發揮表現力，在舞台上推陳出新。

1983《負‧復‧縛》排練

未見面已相識

　　如果要談我和香港舞蹈團的關係，我會以「從未見過面就有關係」來形容。1982 年，舞團第一任藝術總監江青老師帶着一個實驗計劃到了北京舞蹈學院，選了那時還是大學生的我和幾位同學，參與《負‧復‧縛》這個現代舞作品創作。那時我是主修教育系中國古典舞專業，對現代舞編創過程沒有多大的認知。江青老師讓我們在完全沒有音樂、不數拍子的情況下排練，那是我初次接觸現代舞，感覺特別新鮮。作品雛形以錄像紀錄，江青老師帶回到舞團排練並演出。後來我隨團畢業演出來香港交流期間認識了舞團《負‧復‧縛》的主演梅卓燕和殷梅。

2000《黃土‧黃河》

　　1989 年，我第一次來香港演藝學院教學，假期到舞團當客席導師，我才真正和舞團合作。還記得，當時的藝術總監舒巧老師來看課，下課後就跟我聊起專業問題。舒巧老師和我分別從編導和教師的角度，表達了各自對古典舞教學的不同看法。她雖然對古典舞教學體系有疑問，但她仍認可我授課的表現。對我來說，跟她討論對舞蹈的看法，輕鬆自然，因為彼此沒有門戶之見，也沒有甚麼糾結的想法。後來，我跟舒巧老師就無話不談了，受益良多。

　　現在回想起來，我覺得自己還挺有運氣，因為與舞團幾任藝術總監有過愉快的合作，能夠互相了解，甚至是亦師亦友的關係。

2000《黃土・黃河》

從未間斷過的關係

舞團跟演藝學院一直都合作無間。蔣華軒老師任藝術總監時，非常支持演藝學生的專業發展，更無條件地讓學生演出他的作品：《在希望的田野上》、《絹花》及《黃土‧黃河》，他還親自給學生排練。他的確很支持，也非常的大度。

另一次印象深刻的合作是與梁國城老師，舞團《清明上河圖》的製作。我們派出了近二十多名學生參與演出，是最大的一次實習計劃。學生到團裏排練，暑假在學校裏排練。演出非常成功，其後更到內地巡演，舞團便再次邀請我們的學生參與。機會的確很難得，中國舞系放棄參與當年舞蹈學院的秋季製作，以此合作作為高年級的演出實踐，學生收穫豐富，而舞團也很滿意我們學生的表現。

之後，我們還與舞團在「八樓平台」的節目上合作《風水行》的首演，由十多位演藝學生擔任演員。

演藝跟舞團的外展及教育部、兒童團及少年團的合作也非常緊密。舞團多年來前往澳門實施中國舞教育推廣的展演計劃，也一直與香港演藝學院保持着合作，我們定期選送學生參與，一直合作愉快。中國舞系有不少學生畢業後都獲舞團聘用，有當全職舞蹈員，有些在不同節目中當兼職演員，還有些則為外展及教育部和兒少團的課程擔任兼職導師。

舞團兒少團的課程，培養了不少喜歡中國舞的青少年，他們有些在中學畢業後考進了演藝學院。課程很有成效，更值得大力發展，我會全力支持。

2007《清明上河圖》

2007《清明上河圖》

紮實的中國文化根基

　　談到香港舞蹈團的特色，我想一定是演員多年來透過研究練習中國舞而累積下來的文化根基，令舞團有別於其他舞蹈團體。他們可以跳傳統的中國民族民間舞，也可以跳抽象的當代舞蹈作品，接觸的種類多元，真正體現了中西合璧。

　　舞團最近有關中國舞和武術研究的項目，我覺得意義非常深遠。雖然要花上三年的時間去研究，結果也不是馬上就能看到的，但過程可以啟發團員探討中國舞蹈文化的本質，有助中國舞的發展。這是個試驗，也是對演員的挑戰。舞團的演員有中國舞蹈訓練的基礎，由他們研究中國武術，相信會有不一樣的發揮。

於我來說，四十年來，香
港舞蹈團對中國舞的貢獻，無論
是舞蹈編創和演員培養，都是首
屈一指的。縱使舞團每任藝術總
監的風格不同，發展方向也不一
樣，但他們的作品，都是一個個
純粹的藝術創作。

我期望舞團繼續給演員各
種挑戰，讓他們發揮自己的個
性，也開發和提升他們身體的表
現力，讓我們在舞台上看到更多
不一樣的作品。

劉燕玲

香港舞蹈團一直伴隨我成長

　　首位在香港土生土長的香港芭蕾舞團首席舞蹈員。自八十年代起一直活躍於本地舞壇，現專注舞蹈教育，擔任香港演藝學院舞蹈學院芭蕾舞系高級講師，統籌青年精英舞蹈課程，並積極推動舞蹈界別發展，於 2014 至 2019 年間擔任香港舞蹈聯盟主席。雖然劉氏的舞蹈生涯軌跡未曾與香港舞蹈團交疊，但原來舞團一直也伴隨她成長。

1989《周璇》

1990《胭脂扣》

敢於創新

上世紀八十年代，我在香港芭蕾舞學院接受專業舞蹈訓練，及後考進了香港芭蕾舞團，其後在香港演藝學院任教至今，可謂與本地三個旗艦舞團一同成長，並見證了香港舞蹈團的誕生和發展。

七八十年代，香港的中國舞和民族舞發展蓬勃，坊間不乏中國舞課程，由不少來自內地的專業中國舞蹈員擔任導師，卻未曾誕生過任何專業的中國舞團體。故香港舞蹈團在 1981 年成立，絕對是本地舞蹈界別和藝術發展的里程碑。

雖然在八十年代，我是香港芭蕾舞團的舞蹈員，但其實當年三大旗艦舞團聘請了不少年輕舞蹈員，舞蹈員間的關係密切，交流頻繁，基本上大家都會觀看彼此的演出，互相學習和交流，建立了深厚的友誼。

正因如此，我在這四十年間，觀看了香港舞蹈團不同時期的演出，看到舞團在歷任藝術總監帶領下的成長。如果要數一個深刻的演出，我會想起 1989 年舒巧老師擔任藝術總監時，由梁國城老師編創的作品《周璇》（後名為《天涯歌女》）。以一個當代的手法，帶出空間和意境，是很重要的元素。其中有一幕講述主角周璇進了瘋人院，她身穿白色衣裳，旁邊有白色的水流下來，畫面有一份哀傷、淒涼又蕭條的感覺，當刻我深受感動，默默地流淚了。

在不同的藝術總監帶領下，舞團有不同的嘗試。他們除了自己編排舞蹈，還會邀請不同的客席編舞為團員編排作品，大膽嘗試與不同界別的合作。作品不時令我有耳目一新的感覺。

早期的《胭脂扣》是與文學界別的合作；近期的《風雲》和《中華英雄》，是與漫畫界別的嘗試；《紫玉成煙》則與粵劇界別擦出新火

花;而與知名作曲家林丰和小提琴家姚珏合作的《弦舞》,更進一步與音樂界別互相碰撞。

忠實支持舞者與業界

有一段時間,舞團嘗試演音樂劇,又於十多年前左右成立了「八樓平台」,培育年輕舞蹈員創作當代中國舞。這些年來,舞團保持跳着中國舞的同時,在作品上推陳出新,又給團員很大的發揮空間,這是我欣賞舞團的地方。

近年舞團的作品,亦讓我看到他們在不斷追求進步。即使是同一個作品,如《花木蘭》,你可以從最初的創作與最新的版本中發現有不一樣的地方,我看到他們在不斷改良,並感覺到楊雲濤如何在不同的版本內,逐步將當代的想法貫注入作品之內。

我可以跟大家分享一個我和舞團之間的小秘密。其實我在中學時代,已接觸中國舞。八十年代進芭團之後,在工餘時間亦有跟朋友跳中國舞。有一次,當時是在舒巧老師的年代,香港舞蹈團舉辦團員遴選,我也低調地參與過。最後我當然未有中選,而我也繼續我在芭團

2013《花木蘭》

的舞蹈生涯。遴選評審之一的冼源老師其後跟我說，舞團沒有選上我，
是因為覺得我跳芭蕾舞會更有前景。一位中國舞的老師，留意上芭團一
名舞蹈員的表現，並作出忠誠的建議，由此看到當時舞蹈業界是如何忠
實地支持和關護年輕舞者。

2018《紫玉成煙》

　　我還記得有一年的「舞蹈年獎」，我忙於處理嘉賓的座位事宜，無暇照顧自己的妝容。節目快將開始前照鏡子，才發現妝都花了。心急如焚的情況下，我找舞團的化妝師幫忙，他們二話不說，立即替我補妝。無論大事或小事，舞團上下都是樂意伸出援手的。

繼續當香港的文化大使

　　在舞蹈教育方面，舞團一直在社區積極推廣中國舞，培養年輕一代對中國舞的興趣。不少演藝學院的中國舞系學生，小時候也有參加過舞團的兒童團及少年團。舞團的教育及外展計劃，除了在不同地區推廣舞蹈藝術，還帶了很多工作機會給演藝學院年輕的畢業生。舞團每年與澳門教育暨青年局合作的計劃，都找演藝學生參與，給予同學很寶貴的學習經歷。

　　展望未來，我寄望香港舞蹈團在維持高水平的製作以外，繼續支持和培育本地編舞家，讓藝術圈子有更前瞻性的發展，並積極擔當香港文化大使的角色，將香港的舞蹈推廣至全世界。

姚潤敏

踏實地追尋屬於香港的中國舞

　　本地音樂劇旗艦劇團演戲家族行政總監，於香港演藝學院戲劇學院畢業後，在戲劇界默默耕耘三十多年，致力製作屬於香港的原創音樂劇。姚氏於 2004 年首度與香港舞蹈團合作音樂劇《邊城》，睽違多年，於 2020 年再度與舞團合作音樂劇《一水南天》。她特別欣賞舞團對藝術的不斷追求，努力發展具香港特色的中國舞，以舞蹈呈現人的真善美。

2004《邊城》

2016《星期六的秘密》

識於微時

從小到大我都很好動和貪玩，老師看我不膽怯，總會叫我出來表演唱歌跳舞。那時候，我對表演藝術沒有多少認識，也沒有上過甚麼表演藝術的課程，只知道唱歌跳舞就是好玩。直至中三的暑假，朋友找我一起上中國舞課，我才第一次接觸到中國舞、知道香港舞蹈團，也因此看了舞團的《玉卿嫂》，那是我人生第一個在正規劇場看的演出。換言之，我在接觸戲劇之前，便已經接觸中國舞和香港舞蹈團了。

我一直視舞蹈為一項很引人入勝的表演藝術。無論是芭蕾舞、中國舞或現代舞，每一次看舞蹈演出，我總會被台上的畫面和舞蹈員細膩的姿勢所震撼。

演戲家族在 2002 和 2003 年的音樂劇《邊城》和《四川好人》，找了舞蹈界別的人士合作。2002 年《邊城》推出後，大獲好評。之後有一天，我收到舞蹈團的電話，覺得《邊城》有很豐富的舞蹈元素，希望與演戲家族合作，結果成就了 2004 年的重演版本。

勇於享受挑戰

那次合作，最深刻的是看着舞蹈員學習廣東話。我仍記得第一次圍讀時，不少團員的母語都是普通話，有些人即使本身是廣東人，也可能因為在團內主要講普通話，結果都要慢慢唸那些對白。全程充滿「半鹹淡」的廣東話，令團隊笑個不停。兩個多小時的劇本，竟然花了足足四個小時圍讀和大笑！我知道團員都很努力，用心花了不少時間做功課，找方法學廣東話，務求演好那個劇。我相信那次製作對他們來説，最痛苦的不是跳甚麼舞步，而是學廣東話。

十多年之後，演戲家族準備製作《一水南天》時，我就希望可以與香港舞蹈團合作，讓演出更成功。結果我分別找藝術總監楊雲濤和行政總監崔德煒商量，他們也爽快答應了我。

《一水南天》的舞團演員要兼顧唱歌、跳舞、演戲，而謝茵的角色，更是劇中女主角。我還記得舞蹈員遴選角色時，大家都陷入了瘋癲的狀態。即使他們在舞台上有豐富的經驗，但由於唱歌和演戲不是他們擅長的事情，他們都頓時變回一個舞台新手。有些人不懂用

2020《一水南天》

聲，就靠大聲演唱來克服對遴選的緊張。後來，安排了聲樂和歌唱訓練給他們，他們都以謙虛的態度，付出了十二分的努力來學習和練習。

如果你問我，這樣逼他們以緊張的態度來準備演出，是不是有點不人道？我反而會覺得他們其實都在等我「虐待」他們。現今表演藝術的世界，再不能單以技巧來切割表演形式。排練時，我看到他們對克服挑戰的掙扎和堅持，同時也看得出他們都在享受這個過程。雖然要他們唸台詞演戲，像變回新手般，但其實他們本來已經擅於用身體來說故事，所以他們絕對有條件演好戲，只在等一個挑戰的機會。

更踏實的探索

對比這兩次合作，我覺得舞團對藝術的態度沒有改變，依然保持一貫純粹追尋和探索的心態，仍然善良，專心一致地擁抱藝術，呈現出人的真善美。我覺得現今香港舞蹈團作的決定，比以前踏實和成熟多了，而目標亦更為遠大。具體一點來說，他們一直都在尋找一條屬於香港舞蹈團的路。近年他們給我的感覺是，雖然不能擔保前行一定不會失足，但他們會用行動告訴你，舞團正在以最大的意志來令自己不會失足。

看多了舞團的作品，感覺他們的作品變得更貼地。無論是受大眾歡迎的《風雲》、跨媒界的作品《紫玉成煙》或《弦舞》，還是兒童團及少年團演出的《小黃鴨》，都讓我感受到他們正積極地尋找一種屬於香港的中國舞。這份對藝術的追尋，對我來說非常珍貴。甚至我敢說，這種具香港特色的中國舞，將會是成就本土原創音樂劇的一個最重要元素，所以我期待演戲家族和香港舞蹈團將來的合作。

寄語未來，我希望舞團能夠繼續勇往直前，堅持自己所相信的事。

2019《小黃鴨》

曾文通

大概只有香港舞蹈團才有的創作空間

　　著名舞台設計師，設計作品超過二百個，曾獲多個舞台設計和美學獎項。2004年起與香港舞蹈團合作，經典設計作品包括《雙燕——吳冠中名畫隨想》、《風雲》、《倩女·幽魂》及《中華英雄》等，往往令人驚喜萬分。除此以外，曾氏曾擔任舞團音樂形體劇場《觀自在》的編導之一。同時為頌缽療法及演奏家的他，寄語舞團上下，日後繼續「觀自在」，讓作品連繫觀眾的靈魂。

2009《帝女花》

2011《雙燕──吳冠中名畫隨想》

源於信任的創作自由

坦白說，當我仍在演藝學院學習時，總覺得與中國舞有一種距離。那時我欣賞中國舞，但總是找不到方法去欣賞，也許那是中國舞給我的傳統刻板印象吧！

畢業以後，我主要與戲劇界別合作，直至 2004 年，才首次為香港舞蹈團擔任佈景設計。我記得，那次是國家一級編導劉凌莉首次與舞團合作的《蜀風‧麻辣燙》。當時我要到成都與她開會，讓我首次了解到內地編舞的創作風格，是一次很寶貴的經驗。

之後十多年，我與舞團合作了超過十次，主要是為他們的大型舞蹈演出設計佈景，包括《帝女花》、《畫皮》、《三國風流》、《雙燕——吳冠中名畫隨想》、《風雲》、《倩女‧幽魂》及《中華英雄》等。回想不同舞團的設計作品，我會形容它們都是我「最大膽」和「最狠」的創作。每次合作，舞團的編導都非常信任我，給我很大的發揮空間，與我不斷嘗試，甚至會採用一些我不敢與其他藝團合作的設計風格。

每次開會，編導都不會定下任何規限，把舞台空間完全交給我，隨我自由探索。只要設計不太影響他們的演出，他們都會同意。我亦藉此把握當中的可能，為編導設計好整個空間，讓他們由此想像和創作，將舞蹈和空間結合。

2014《風雲》

最大膽的創作

回想我過去的創作，原來幾個我認為「最大膽」、可以與國際對話的作品，都來自舞團，如《風雲》、《倩女·幽魂》和《中華英雄》，而我也希望能帶這些作品到國際舞台，讓世界認識香港有這麼一種獨特的創作風格。

一提到「大膽」，我必要提及《風雲》的佈景設計。作品建基於設計最基本的點、線、面三個元素，而創作形式，則以靜觀自己內心世界為起點，融合了東方的美學和設計想法，與西方設計的出發點有所不同。對我來説，它算是走得頗前的創作，因此，我將設計帶到布拉格劇場設計四年展 2015 和世界劇場設計展 2017 的國際平台上。另外，《倩女·幽魂》亦有入圍世界劇場設計展 2017。

從劇場美學來説，以靜觀的方式創作和觀看一個作品，從而顯現出作品的形態，引起了西方舞台設計同業的好奇。結果，《風雲》獲得世界劇場設計展 2017 的「場景設計專業組別」銀獎，令我驚喜萬分。作為一個華人舞台設計師，能夠在國際的設計舞台上奪得殊榮，我實在萬分榮幸。

我想，大概只有香港舞蹈團，能讓我有這麼大的創作空間，將一個前所未有的設計想法，實踐得這樣徹底。

2015《倩女‧幽魂》

惟有觀自在

我認為舞團現處於尋找的階段，正在探索一種屬於東方的味道。這種味道是世界獨有的，因為它不僅是一個軀殼，更需要有一定中國文化根基的編舞和舞蹈員參與其中，才能展示出來。同時，正因為舞蹈團以不同的方式尋找中國舞的出路，他們才能孕育出這麼多具創造力的作品。

佈景設計以外，我與香港舞蹈團的合作，一定要數 2017 年我有份編導的音樂形體劇場《觀自在》。那是一次很深刻的體驗和一趟學習的旅程。能夠擔任編導，加上自己亦有參演，我多了機會與舞蹈員溝通，了解他們的心態。至於過程最難忘的，是我帶了舞蹈員上山排練，感受人和自然的關係，又在山上做即興練習，成為演出的素材；而我每次排練前，都會帶他們做冥想，從心感受自己的身體。這種排練方式，對他們來說非常新穎。如果有機會，我希望可以再和舞蹈團合作一個類似的演出。

對於香港舞蹈團，我期望他們整個團隊，繼續以「觀自在」的心態走下去，做好每個演出——只有靜觀到自己靈魂的存在，真正與觀眾溝通，才會得到真正的自在。

2016《中華英雄》

2017《觀自在》

Amy Chu

子女每次上舞蹈課就像回家一樣

　　Amy Chu 的兩名子女自幼便參與香港舞蹈團兒
童團及少年團。長女鄧思寧八歲入團，已經參加了
兒少團九年；幼子鄧葦浠同樣八歲入團，亦已在兒
少團學習了八年之久。作為子女背後支柱的 Amy，
更成為家長義工，協助兒少團的行政和活動統籌事
務，為這個「家」努力。

2018《鬍鬚爺爺之詩遊記》

2019《演舞天地之忘憂部落》

導師無私的付出

我小時候跳中國舞，感覺這種舞比較活潑一點，所以女兒也在五歲開始接觸中國舞。女兒八歲時，在機緣巧合之下加入了香港舞蹈團的兒少團；兒子也在八歲時隨姐姐入團，兩人可算是資深團員。在這個學習過程中，女兒慢慢愛上了舞蹈，更以成為職業舞蹈員為目標。現在每個星期五晚上、星期六全天都要上舞蹈課，她也樂在其中。

與坊間的舞蹈課程相比，舞團的導師都從專業的舞蹈學院畢業，且曾經或現正擔任職業舞者。他們除了傳授舞蹈技巧外，也會分享舞台演出的經驗，更以身作則，向團員示範他們對藝術的堅持。不少舞團導師小時候也經過刻苦訓練，才有今天的成績。他們的身教，對小朋友的影響尤其深遠。

子女在舞團上課的時候，我一直從旁觀察，體會到導師對教學的堅持，並不是金錢所能衡量的。每節課堂都非常充實，臨近比賽和演出時，導師更會無條件、無限制地加時訓練，毫不計較，務求令學員在演出時發揮到最好。

2019 年，女兒有幸獲挑選到新加坡比賽，該比賽作品由舞團首席舞蹈員李涵老師和高級舞蹈員黃聞捷老師共同編舞。當時除了星期六晚需要排練外，星期一至五也要抽兩至三晚時間來排練，足足歷時三個月。過程中，讓我感受到舞團上下皆全力支持學員的發展。

亦師亦友的關係

子女習舞這幾年，我看到舞團積極為兒少團學員創造不同的演出機會和體驗，讓他們的學習更圓滿。舞團除了安排學員參與兒少團週年大型演出和開放日演出之外，亦會安排學員在學校舞蹈節和康文署舉辦的舞蹈日中演出，更會挑選學員參演舞團的大型舞劇，讓學員嘗試在不同形式、不同類型、不同規模的演出中亮相，增加舞台經驗。

兒少團上下一心支持學員排練及演出，態度友善，待他們如朋友一樣。女兒和兒子對舞團很有歸屬感，每次到舞團上課，都像回家一樣。

2019《演舞天地之忘憂部落》

我則於七年前成為家長義工，支援兒少團的簡單行政工作，並統籌其他家長義工在課堂和不同活動中當值、維持秩序和化妝。當了義工之後，與團內職員、導師和舞蹈員深入接觸，讓我感受到他們對學員的用心，我與他們的關係也像朋友一樣。日後子女都在兒少團中畢業，我仍希望可以回去做家長義工。

富現代色彩的中國舞

如果要談子女和我在兒少團的得着，其中一項，一定是女兒與我的溝通。參加舞團課程，女兒找到她的興趣。投入其中，也因此默默地連繫了我和她。她每次在外參加不同的比賽時，我總是擔當後勤角色，為她張羅戲服、設計造型和音效等，增加了我和她的交流。她自小已認清自己的興趣，並有幸得到舞團的支持和鼓勵，正朝着專業舞蹈員的方向進發，我們一家絕對支持。

至於兒子，舞蹈雖然未必是他最喜歡的事，但在舞蹈學習的旅途上，亦感激得到舞團的栽培。他曾與專業舞者同台演出，又在兒少團的週年演出中擔綱重要角色，讓他領會到應該如何看待興趣，這對他的成長相當重要。

我們一家已成為舞團的忠實觀眾。對我來說，舞團是一個全心為中國舞藝術發展而努力的團體。舞團演出專業、具有代表性，更致力將中國舞現代化。社會大眾普遍認為中國舞較為老派，未必有動力入場觀賞演出，但舞團的演出既保留中國舞特色，又加入不少現代元素，舉例說：《倩女‧幽魂》和《中華英雄》等。以中國舞訴說一個個膾炙人口的故事，吸引觀眾入場之餘，更令他們對中國舞另眼相看。

何知琳

我在香港舞蹈團的快樂時光

2017 年畢業於英華女學校，中學六年的每個週末都在香港舞蹈團的兒少團度過，曾出演過多部舞劇，並多次隨團參與交流活動。現任兒童少年團的導師，將自己的學舞經驗分享給師妹們。於香港演藝學院中國舞系畢業後，成為香港舞蹈團見習舞蹈員。

2015《十二生肖大冒險の冰雪奇熊》

2016《星期六的秘密》

從學員到助教

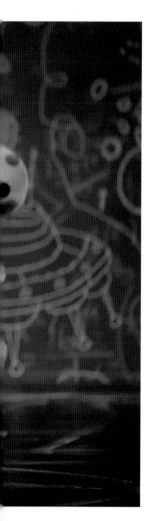

　　我四歲開始學跳舞，初中一年級時我媽媽跟我説：「你要去考香港舞蹈團的兒少團，這個團看起來好專業！」經過考試，我就來兒少團學舞了，每週六下午上課，從中學一年級一直學到六年級。

　　我剛來學舞的時候很緊張，因為這裏跟我之前的學舞方式很不一樣，以前是老師教你怎樣做動作便怎樣做，來了舞團後我才第一次知道中國舞有「基訓」。我記得每次上課的前半部份都是基訓，老師們都很嚴謹，要求嚴格，每個動作都不允許有偏差。我那時候才發現中國舞原來可以這樣細緻，每個動作之間的銜接原來有這麼多變化。

　　舞團為我提供了一個很好的平台去了解舞蹈，讓我看到更多舞蹈的可能性。每個夏天都有大型演出，讓我們這些小孩子有一個接觸到舞蹈製作的機會，認識到一部舞劇需要這麼多工作人員參與——燈光、佈景、服裝、道具等等都要一絲不苟。

　　我在香港演藝學院讀書時，並沒有完全離開舞團。我在兒少年團先後擔任助教和導師，以一個姐姐的身份去幫助師妹們。有些孩子太小，不理解為甚麼學舞要做基訓，這時候我就會站出來，告訴她們這部份的重要性。我不會對她們太兇，我不希望她們害怕舞蹈。不論她們會不會把舞蹈放在人生重要的位置，我都希望她們是開開心心的，不要感到壓力。

2019《小黃鴨》

老師是榜樣

　　我接觸過不少老師，他們給我很多啟發，讓我從不知道甚麼是中國舞到學會欣賞中國舞的美、從不知道怎麼跳舞到慢慢開發自己的身體。老師們是我的榜樣。有些老師是舞團的舞蹈員，他們示範時表現優雅，講解也很細緻清楚。

　　老師們還教會我堅強。有時候一個動作會讓我們保持很久，這時候老師會說：「不可以放鬆，你最累的時候就是最練能力的時候。」這句話讓我印象很深，只有不放過每個排練中的細節，才能在台上自信地展示。後來我接觸到更多的舞蹈類型，每每追求更高水準的時候都會想起這句話，提醒自己不可以放棄。我在舞團的時光都很快樂，投入了大量時間和精力，所以我在中學畢業面臨選擇的時候，不自覺地就走向了職業舞蹈這條路。於是，報考了香港演藝學院的中國舞系。在做決定的時候我也有過猶豫，但舞團的老師們都給我中肯的意見，讓我對自己的選擇更堅定。

跳舞打開了我的精神世界

在進入兒少團之前，我非常內斂、不善言辭，跳舞讓我的情感自然地投入到一件事裏去，慢慢地將我的精神世界打開了，我也變得開朗起來。舞團為學生提供許多演出機會，還有比賽和外訪演出，讓我提高了自信，學會了如何大方地與別人交流，認識了很多新朋友。

每當有人問我香港舞蹈團的兒少團怎麼樣，我都是強烈推薦的，因為我想不到還有甚麼地方更適合舞蹈初學者。這些年來兒少團的水準不斷提高，對學生的要求也越來越高。現在舞團編了一套完整的教材給學員學習，顯得更規範了。

2018《鬍鬚爺爺之詩遊記》

演出年表

本地演出

年份	日期	類別	節目名稱
1982	1982/1/22-23	主要製作	《東海奇緣》（首演）
	1982/3/21-22	主要製作	《四季》
	1982/5/11-13, 19-20	主要製作	《叛逆・靈鳥・仙燈》
	1982/7/17-19	主要製作	《東海奇緣》（重演）
	1982/9/3-5	主要製作	《中國舞蹈精選》
	1982/10/14-15	主要製作	《新鏡花緣》
	1982/12/10-12	主要製作	《新鏡花緣》（重演）
1983	1983/1/22-24	主要製作	《八三年一月份演出》
	1983/5/13-15	主要製作	《畫皮》
	1983/9/3-4	主要製作	《畫皮》（重演）
	1983/10/21-22	主要製作	《成語舞集》
	1983/11/18-20	主要製作	《負・復・縛》
1984	1984/3/5-7	主要製作	《中國戲曲舞蹈今昔》
	1984/5/11-13, 26	主要製作	《香港・香港》
	1984/7/27-29	主要製作	《蛻變》
	1984/10/30-31 1984/11/14-15	主要製作	《畫皮》（重演）
1985	1985/1/17-19	主要製作	《搜神》
	1985/3/15-17	主要製作	《民間風情畫》
	1985/5/24-26	主要製作	《搜神》（重演）
	1985/6/27-30	主要製作	《舞劇選段及團員作品》
	1985/8/30 & 9/1, 13	主要製作	《玉卿嫂》
	1985/10/25-27	主要製作	《戲曲舞蹈》
	1985/12/6-8	主要製作	《玄心舞》
1986	1986/1/10-12	主要製作	《民間風情畫》（重演）
	1986/2/27-3/2	主要製作	《舞文》
	1986/5/30-6/1	主要製作	《絲路情・唐詩舞譯》
	1986/7/6-10	主要製作	《團員舞蹈創作展》
	1986/10/17-19	主要製作	《岳飛》
	1986/11/21-22	主要製作	《岳飛》（重演）

其他職銜	編舞
	陳華、林亞梅、曹繼信
	惲迎世、冼源
	曹誠淵、黎海寧
	陳華、林亞梅、曹繼信
	蔡新聲、陳華、惲迎世、許仕金、張民新、舒巧、金明、譚嗣英、賈作光、栗成廉
	惲迎世、陳華
	惲迎世、陳華
	江青
	舒巧、應萼定
	舒巧、應萼定
	江青、郭曉華、惲迎世、邢浪平、舒巧、冼源、何浩川、鄭書正、梁國城
	江青、馬滿堂、薛麗娜、胡善佳、梁國城
	李正一、唐滿城、高成明、黃嘉敏、栗成廉、郭大琨、邢建中
	郭曉華、趙蘭心、黎海寧、鄭書正、彭錦耀
	江青、羅拔華倫、唐滿城、崔潔
	舒巧、應萼定
	曹誠淵、郭曉華、錢秀蓮、楊志鼓、趙蘭心
	惲迎世、方雲琴、何浩川、冼源
	曹誠淵、郭曉華、錢秀蓮、楊志鼓、趙蘭心
	惲迎世、李仲林、黃伯壽、閻仲玲、梁國城、梅卓燕、殷梅、郭曉華、潘少輝、白水、仲林、舒巧、李群、冼源
原著故事：白先勇	舒巧、應萼定
	惲迎世、劉洵、李志勇、梁國城、蔡新聲、冼源
	黃忠良
	惲迎世、方雲琴、何浩川、冼源
藝術統籌：曹誠淵	洪漢寶、梅卓燕、楊志鼓、郭曉華、彭錦耀
	方雲琴、邢浪平
	黃子庭、郭曉華、孔和平、梅卓燕、范慶安、黃恆輝、方紅、吳咪咪、蔡新聲、王家珍、梁國城
	舒巧、應萼定
	舒巧、應萼定

年份	日期	類別	節目名稱
1987	1987/1/15-17	主要製作	《舞匯金曲》
	1987/3/26-28	主要製作	《舞蹈拾貝》
	1987/5/29-31	主要製作	《女色》
	1987/7/30-8/2	主要製作	《黃土地》
	1987/9/16-20	主要製作	《秋葉飛紅——小舞劇之夜》
	1987/10/16-11/1	主要製作	《阿凡提的故事》
1988	1988/1/14-16	主要製作	《達賴六世情詩》
	1988/3/11-13	主要製作	《畫皮》（重演）
	1988/5/13-15	主要製作	《雲嶺寫生》
	1988/7/6-7 & 9-10	主要製作	《玉卿嫂、黃土地 》（重演）
	1988/10/14-11/2	主要製作	《日月戀》
	1988/12/2-4	主要製作	《文學舞蹈——背影》
1989	1989/1/30-2/4	主要製作	《冥城——莊子試妻新釋》
	1989/3/17-22	主要製作	《舞惑》
	1989/5/24-28	主要製作	《周璇》
	1989/7/21-23	主要製作	《三寸金蓮及其他》
	1989/11/26-30	主要製作	《中國古典舞今昔》
1990	1990/1/5-9	主要製作	《周璇》（重演）
	1990/3/9-11	主要製作	《小刀會》
	1990/5/10-12	主要製作	《秦始皇》
	1990/7/27-29	主要製作	《達賴六世情詩》（重演）
	1990/10/26-28	主要製作	《胭脂扣》
	1990/12/14-16	主要製作	《香港情懷》
	1990/12/23	主要製作	《漫舞華彩》
1991	1991/2/22-24	主要製作	《春香傳》
	1991/5/15-16	主要製作	《古國思》
	1991/5/21-22	主要製作	《胭脂扣》（新版本）
	1991/7/4-7 & 9-12	主要製作	《龍鳳禮樂》
	1991/10/18-20	主要製作	《畫皮》（重演）
	1991/12/6-8	主要製作	《自梳女——蠶桑記》
1992	1992/1/8-9	主要製作	《末吉鬼神太鼓及香港舞蹈團》
	1992/2/28-3/1	主要製作	《紅雪》
	1992/5/6-10	主要製作	《中國民間舞新編》
	1992/7/17-19	主要製作	《胭脂扣》（全新版本）
	1992/11/5-7	主要製作	《停車暫借問》

其他職銜	編舞
	黃恆輝、梅卓燕
	舒巧、李正一、唐滿城、方雲琴
	舒巧、郭曉華、楊志毅、趙蘭心、錢秀蓮、曹誠淵
	舒巧、應萼定
藝術統籌：冼源	梁國城、吳咪咪、萬綺雯、杜紹樑、蔡新聲、郭曉華
	方雲琴
	舒巧、應萼定
	舒巧、應萼定
	何浩川
原著故事：白先勇	舒巧、應萼定
	舒巧、華超
	冼源、方紅、梅卓燕、黃恆輝
編劇：高行健	江青、郭曉華、梁國城
	潘志濤、何浩川、方紅、郭曉華、周愛萍、羅耀威、蔡新聲、梅卓燕、梁國城
	梁國城
	軒蔣華
	舒巧、栗成廉、陳愛蓮、戴愛蓮、應萼定
	梁國城
	舒巧、白水、仲林、李群
藝術統籌：孫天路	陳維亞、張建民
	舒巧、應萼定
原著／策劃：李碧華	舒巧、梁國城
	郭曉華、曹誠淵、錢秀蓮
	舒巧、蔣華軒、孫龍奎、吳淑芬、梁國城
	李芝英
	舒巧、應萼定、梁國城
原著／策劃：李碧華	舒巧、梁國城
	孫龍奎、于平
	舒巧、應萼定
編劇：陳方	梁國城
	舒巧、應萼定、梁國城
	舒巧、華超
	蔣華軒
原著／策劃：李碧華	舒巧、梁國城
編劇：鍾曉陽	舒巧、華超

年份	日期	類別	節目名稱
1993	1993/1/8-9, 16-17	主要製作	《周璇》（新版本）
	1993/3/19-21	主要製作	《玻璃城》
	1993/5/28-30	主要製作	《玉卿嫂》（重演）
	1993/7/30-8/1	主要製作	《大地讚歌──中國民族舞展》
	1993/10/29-31	主要製作	《易水寒》
1994	1994/1/14-16	主要製作	《達賴六世情詩》（重演）
	1994/3/18-20	主要製作	《白蛇與許仙》
	1994/5/13-15	主要製作	《邊塞秋色》
	1994/8/19-21	主要製作	《寶蓮燈》
	1994/10/21-23, 25-30	主要製作	《城寨風情》
1995	1995/1/13-15	主要製作	《迴風舞説》
	1995/3/24-26	主要製作	《誘僧》
	1995/5/12-14	主要製作	《自梳女》（重演）
	1995/8/11-13	主要製作	《南粵山花》
	1995/10/19-20	主要製作	《女祭》
	1995/12/15-17	主要製作	《初華篇》
1996	1996/1/19-21, 23-27	主要製作	《城寨風情》（重演）
	1996/3/29-31	主要製作	《大地讚歌》（新版本）
	1996/7/5-7	主要製作	《如此》
	1996/8/9-10, 10/18-19, 11/23, 12/19-20	主要製作	《校園日記》
	1996/9/6-8	主要製作	《七月流火》
	1996/11/7-9	主要製作	《誘僧》（重演）
1997	1997/1/10-12	主要製作	《玉龍第三國──納西「情死」》
	1997/3/14-16, 21-22	主要製作	《魚美人》
	1997/5/23-25	主要製作	《倩女幽魂》
	1997/7/24-26	主要製作	《鴨公主東遊記》
	1997/7/25-27, 29-31, 8/1-3	主要製作	《城寨風情》（三度公演）
	1997/11/15	主要製作	《如此》（重演）

其他職銜	編舞
	梁國城
	趙月媚、邱龍、余碧艷、鮑寧寧、 陳超傑、王榮祿、王林、黃國強、蔡運賢
原著故事：白先勇	舒巧、應萼定、華超
	馬躍
	梁國城
	舒巧、應萼定
	鮮于開選、劉振學
	馬躍
	李仲林、黃伯壽
編劇：杜國威 導演：楊世彭 音樂：陳能濟	應萼定
美術指導：奚仲文	梅卓燕
原著／策劃：李碧華 美術指導：奚仲文	應萼定
編劇：陳方	梁國城
	陳翹、劉選亮
創作顧問：余秋雨	應萼定
	王林、王榮祿、伍宇烈、趙月媚、曾金星、鮑寧寧、蔡運賢、林志傑、余碧艷
編劇：杜國威 導演：楊世彭 音樂：陳能濟	應萼定
	馬躍
原著故事／美術指導：陳瑞獻	應萼定
	林志傑、余碧艷
	張曉雄
原著／策劃：李碧華 美術指導：奚仲文	應萼定
	江青
	李承祥、王世琦
編劇：杜良緹	應萼定
	邢浪平
編劇：杜國威 導演：楊世彭、何偉龍 音樂：陳能濟	應萼定
原著故事／美術指導：陳瑞獻	應萼定

年份	日期	類別	節目名稱
1998	1998/1/9-11	主要製作	《菊豆》
	1998/3/20-22	主要製作	《潑水節》
	1998/5/29-30, 6/5-6	主要製作	《舞韻牽情》
	1998/8/7-9	主要製作	《西遊記——孫悟空大戰火燄山》
	1998/11/20-22	主要製作	《二泉映月》
1999	1999/1/29-31	主要製作	《龍的足跡》
	1999/3/19-21	主要製作	《寶蓮燈》（重演）
	1999/5/14-15	主要製作	《菊豆》（重演）
	1999/7/30-8/1, 7	主要製作	《西遊記——孫悟空大戰火燄山》（重演）
	1999/11/19-21	主要製作	《舞影流韵》
2000	2000/1/21-23	主要製作	《黃土·黃河》
	2000/3/24-26	主要製作	《阿詩瑪》
	2000/5/20-21, 26-27	主要製作	《紫禁城的公主》
	2000/7/28-30	主要製作	《西遊記——孫悟空三打白骨精》
	2000/11/11-12, 18-19	主要製作	《舞影流韵》（重演）
2001	2001/1/19-21	主要製作	《天涯歌女》
	2001/3/23-25	主要製作	《長白情》
	2001/6/1-3	主要製作	《大山、草地、火把情》
	2001/8/3-5	主要製作	《西遊記——孫悟空三打白骨精》（重演）
	2001/11/16-18	主要製作	《梁祝》
2002	2002/1/18-20	主要製作	《媽勒訪天邊》
	2002/3/22-24	主要製作	《東方美神——觀音的故事》
	2002/5/17-19	主要製作	《梁祝》（重演）
	2002/7/26-28	主要製作	《水滸傳》
	2002/11/15-17	主要製作	《大地之歌》
2003	2003/1/9-12	主要製作	《十里不同風 百里不同俗》
	2003/3/21-23	主要製作	《木偶奇遇記》
	2003/5/30-6/1	主要製作	《乾隆與香妃》
	2003/8/1-3	主要製作	《木偶奇遇記》（重演）
	2003/10/10-12	主要製作	《四大美人》
	2003/11/29-12/7	主要製作	《酸酸甜甜香港地》

其他職銜	編舞
原著：劉恒 美術指導：奚仲文	蔣華軒
	周培武、陶春、楊可佳
	韓國耀、楊志穀、許仕金、羅耀威
原著：吳承恩 文本：丁羽	蔣華軒
	黃蕾
	梁家權、黎海寧、蔣華軒
	李仲林、黃伯壽
原著：劉恒 美術指導：奚仲文	蔣華軒
原著：吳承恩 文本：丁羽	蔣華軒
	香港舞蹈團團員
	蔣華軒
	趙惠和、周培武、蘇天祥、陶春
藝術指導：潘志濤	趙小剛、丁然、盧玉梅
原著：吳承恩	蔣華軒
	香港舞蹈團團員
	梁國城
副導演：許淑	李承淑
	馬琳、馬康
原著：吳承恩	蔣華軒
	蔣華軒
	丁偉
顧問：李家振、沈詩醒	方元、王菁、周金瑜
	蔣華軒
劇本：馮雙白	張守和、張元春、楊梅
音樂：馬勒 原畫作：莊喆	江青
	丁偉
	蔣華軒
編劇：柏汀、楊梅	楊梅
	蔣華軒
	方元、余霄、周金瑜
編劇：何冀平 導演：毛俊輝 作曲：顧嘉輝 歌詞：黃霑 指揮／作曲：閻惠昌	蔣華軒

年份	日期	類別	節目名稱
2004	2004/1/3-4, 9-11	主要製作	《酸酸甜甜香港地》（重演）
	2004/3/26-28	主要製作	《蜀風・麻辣燙》
	2004/5/21-23	主要製作	《不一樣的童話》
	2004/8/6-8	主要製作	《遷界》
	2004/8/27-29	主要製作	《酸酸甜甜香港地》（重演）
	2004/11/12-14	主要製作	《邊城》
2005	2005/1/14-16	主要製作	《斑斕蜀風》
	2005/4/1-3	主要製作	《霸王・別姬》
	2005/5/27-29	主要製作	《經典回望》
	2005/5/2, 5-8	八樓平台	「八樓平台」《童話之王——永遠的孩子》
	2005/7/1-3	八樓平台	「八樓平台」《民間傳奇》
	2005/8/27-28	八樓平台	「八樓平台」《年青的天空》
	2005/10/10-13	主要製作	《香城若舞》
	2005/11/11-13	八樓平台	「八樓平台」《別・留・夢》
	2005/12/27-31	主要製作	《香城若舞》（重演）
2006	2006/1/13-15	八樓平台	「八樓平台」《也文也舞》
	2006/3/24-26	主要製作	《手拉手》
	2006/4/14-15	八樓平台	「八樓平台」《舞出天地》
	2006/5/26-28	主要製作	《塵埃落定》
	2006/6/23-25	八樓平台	「八樓平台」《絲襪奶茶》
	2006/7/27-30	主要製作	《小熊貓大世界》
	2006/8/11-13	八樓平台	「八樓平台」《抱擁》

其他職銜	編舞
編劇：何冀平 導演：毛俊輝 作曲：顧嘉煇 歌詞：黃霑 指揮／作曲：閻惠昌	蔣華軒
藝術統籌：劉凌莉	劉凌莉、梅永剛
	王林、周煒嫦、熊德敏、丘文紅、趙月媚、劉碧琪、林昭蓉、張健祥
編劇：曾柱昭	梁國城
編劇：何冀平 導演：毛俊輝 音樂：顧嘉煇 歌詞：黃霑 指揮／作曲：閻惠昌	蔣華軒
原著：沈從文 導演：彭鎮南 音樂總監、作曲、填詞：鍾志榮	楊雲濤、周佩韻
	劉凌莉
	胡嘉祿
編劇：陳方、周偉	梁國城
	梁國城、熊德敏、丘文紅、趙月媚、江麗明、曾可為
概念／導演：伍宇烈 聯合概念策劃：黃大徽	伍宇烈、黃大徽、黃磊、陳俊、陳磊、謝茵、楊怡孜、米濤、陸仁山、胡錦明
	香港舞蹈團外展及教育部及導師
	胡嘉祿
	陳曙曦、王榮祿
	胡嘉祿
	黃磊、華琪鈺、陳俊、陳磊、謝茵、楊怡孜、蘇淑、柯志勇、林昭蓉
	胡嘉祿、詹曉南
	香港舞蹈團外展及教育部及導師
原著：阿來 導演：劉凌莉、關大心 劇本改編：白小川 民族藝術顧問：穆蘭	劉凌莉
	蘇淑、謝茵、劉迎宏、陳榮、王林、陳海勁、黃磊、胡錦明、華琪鈺、楊怡孜、米濤
藝術統籌：梁國城 策劃：廣東南方藝術家工作室 編劇／導演：楊子達	龍雲娜
藝術策劃：王廷琳	王廷琳、蘇淑、謝茵、黃磊、胡錦明、華琪鈺、米濤、熊德敏、柯志勇、陳建超、丘文紅、周煒嫦、黃茹、黃詩羚、歐嘉美

175

年份	日期	類別	節目名稱
2006	2006/9/22-14	主要製作	《如夢令》
	2006/11/18-19	主要製作	《笑傲江湖》
2007	2007/2/2-4	主要製作	《邊城》（重演）
	2007/3/24-25	八樓平台	「八樓平台」兒童團創團演出《晨光三月》
	2007/5/4-6	主要製作	《笑傲江湖》（重演）
	2007/7/20-22	主要製作	《清明上河圖》
	2007/9/7-16	主要製作	《夢傳説》
	2007/11/9-11	主要製作	《塵埃落定》（重演）
2008	2008/1/25-27	主要製作	《再世・尋梅》
	2008/3/1-2	八樓平台	「八樓平台」《風水行》
	2008/4/25-27	主要製作	《木蘭》
	2008/6/25	特別節目	「心連心・迎京奧 —— 四川災區重建慈善籌款義演」
	2008/8/1-3	主要製作	《同一個願望》
	2008/8/22-24	八樓平台	「八樓平台」《香江春》
	2008/10/10-12	主要製作	《雪山飛狐》
	2008/12/5	場地伙伴計劃	第二十三屆荃灣藝術節《中國舞劇精華薈萃》
	2009/1/9-11	主要製作	《清明上河圖》（重演）
2009	2009/3/20-22	主要製作	《帝女花》
	2009/5/29-31	主要製作	《天上・人間》
	2009/6/19-21	八樓平台	「八樓平台」《孤芳自賞》
	2009/7/30-8/1	主要製作	《印象・嶺南》
	2009/8/14	場地伙伴計劃	《古舞新編》

其他職銜	編舞
藝術策劃：伍宇烈、梅卓燕	梅卓燕、盛培琪、余碧艷、賴文慧
藝術顧問 / 原著：金庸 編劇及導演：冼杞然 藝術統籌：辜滄石、顏麗娜	梁國城、楊雲濤
導演：彭鎮南 原著：沈從文	楊雲濤、周佩韻
藝術統籌：梁國城	胡錦明、郭美怡、江麗明、熊德敏、潘嘉雯、莊陳波、 丘文紅、何穎翹、彭蓉蓉
藝術顧問 / 原著：金庸 編劇及導演：冼杞然	梁國城、楊雲濤
顧問：楊新、王克芬、趙廣超 學術指導及腳本：曾柱昭 舞蹈概念及民俗舞編排： 楊子達	梁國城
編劇 / 導演 / 填詞：杜國威	王廷琳
原著：阿來 導演：劉凌莉、關大心 劇本改編：白小川 民族藝術顧問：穆蘭	劉凌莉
	梅卓燕
藝術統籌：梁國城、楊雲濤	陳磊 謝茵
編劇：曾柱昭	楊雲濤
	梁國城、楊雲濤
藝術統籌：梁國城、楊雲濤	丘文紅、潘嘉雯、莊陳波、蔡飛、彭蓉蓉、郭美怡、 胡錦明
藝術統籌：梁國城、楊雲濤	楊春江、楊雲濤、謝茵、胡錦明、米濤、翁麗華、陳丹、 孫鳳枝
原著 / 藝術顧問：金庸 藝術指導：劉兆銘	梁國城
	梁國城、楊雲濤
顧問：楊新、王克芬、趙廣超 學術指導及腳本：曾柱昭 舞蹈概念及民俗舞編排： 楊子達	梁國城
原著：唐滌生 客席導演/文字創作/戲劇指導： 鄧樹榮	邢亮
	楊雲濤
	胡錦明
藝術統籌：陳磊、蘇淑	梁國城、陳磊、蘇淑、蔡飛、米濤
	梁國城、楊雲濤

年份	日期	類別	節目名稱
2009	2009/9/4-6	主要製作	《神鵰俠侶》
	2009/12/25-27	八樓平台	「八樓平台」《鏡中的天空》
2010	2010/1/21-24	主要製作	《雪山飛狐》（重演）
	2010/3/19-21	主要製作	《畫皮》
	2010/4/23-25	主要製作	《清明上河圖》（重演）
	2010/5/28-30	八樓平台	「八樓平台」《舞留情》
	2010/8/14	場地伙伴計劃	《童話天地》
	2010/9/10-12	主要製作	《三國風流》
	2010/9/24-26	八樓平台	「八樓平台」《黑柴》
	2010/11/13-14	場地伙伴計劃	《淺灣、流水、舞荃說》
	2010/12/3-5	主要製作	《瀟灑東坡》
2011	2011/1/7-9	八樓平台	「八樓平台」《舞飛揚》
	2011/1/15	場地伙伴計劃	《青年匯舞林》
	2011/3/3	場地伙伴計劃	《淺灣傳奇》
	2011/3/18-20	主要製作	《舞韻‧尋源》
	2011/5/20-22	主要製作	《清明上河圖》（重演）
	2011/8/9-14	場地伙伴計劃	《我愛地球村》
	2011/9/2-4, 17-18	主要製作	《金曲蛻變顧嘉煇》
	2011/11/11-13	主要製作	《雙燕——吳冠中名畫隨想》
	2011/12/9-11	八樓平台	「八樓平台」《鏡‧花》
	2011/12/16-18	八樓平台	「八樓平台」《疏離鴉》
2012	2012/1/6-8	八樓平台	「八樓平台」《蕭邦 VS Ca 邦 II》
	2012/3/9-10	場地伙伴計劃	《夢西遊》
	2012/3/16-18	主要製作	《竹林七賢》
	2012/6/1-3, 9-10	主要製作	《遷界》

其他職銜	編舞
原著／藝術顧問：金庸 藝術指導：劉兆銘	梁國城
藝術統籌：陳磊、蔡飛	梁國城、蔡飛、陳磊、蘇淑、江麗明
原著／藝術顧問：金庸 藝術指導：劉兆銘	梁國城
	劉凌莉
顧問：楊新、王克芬、趙廣超 學術指導及腳本：曾柱昭 舞蹈概念及民俗舞編排： 楊子達	梁國城
	劉迎宏、陳榮、米濤
藝術統籌：蘇淑 執行統籌：蔡飛、陳磊	蘇淑、胡錦明、柯志勇、蔡琬安、謝茵
學術指導及腳本：曾柱昭	楊雲濤
	張健祥
藝術統籌：楊雲濤	梁國城
文學指導／聯合編劇：康震	梁國城
	何皓斐、蔡琬安、王璁瑜、占倩、林真娜、梁興源、 米濤、江麗明、袁勝倫、胡錦明、陳榮
藝術統籌：楊雲濤	香港舞蹈團青年團、陳紹傑舞蹈概念、聖公會莫壽增 會督中學校友會、小水點舞蹈團、台北藝術大學舞蹈 學院、台灣雲風舞蹈團、National University of Singa- pore Dance Ensemble（新加坡）、ASWARA（馬來 西亞）
藝術統籌：楊雲濤	梁國城
	趙鐵春、靳苗苗
顧問：楊新、王克芬、趙廣超 學術指導及腳本：曾柱昭 舞蹈概念及民俗舞編排： 楊子達	梁國城 、楊子達
藝術統籌：蘇淑	蘇淑、胡錦明、劉迎宏、陳磊、柯志勇、江麗明、蔡飛、 郭美怡
音樂總監：顧嘉輝	梁國城、柯志勇、劉迎宏、胡錦明、陳紹傑、楊雲濤
	梁國城 、蘇淑
	劉迎宏
	張健祥
	王榮祿及不加鎖舞踊館
藝術統籌：楊雲濤	蔣華軒
	殷梅
編劇：曾柱昭	梁國城

年份	日期	類別	節目名稱
2012	2012/8/3-5	主要製作	《東方・絲路》
	2012/8/17-19	主要製作	《蘭亭・祭姪》
	2012/9/14-16	八樓平台	「八樓平台」《來此台北》
	2012/10/26-27	場地伙伴計劃	《共舞紀事》
	2012/11/23-25	主要製作	《藍花花》
	2012/12/14-16	八樓平台	「八樓平台」《族風兒趣》
2013	2013/2/22-24	主要製作	《風水行》
	2013/8/22-24	八樓平台	「八樓平台」《劇・舞》
	2013/6/7-9	主要製作	《金曲舞韻顧嘉煇 經典再現》
	2013/8/9-11	主要製作	《快樂皇子》
	2013/8/16-18	主要製作	《天蟬地儺》
	2013/9/27-29	八樓平台	「八樓平台」《My Chair 20：13》
	2013/10/17-18	場地伙伴計劃	《香巴拉》
	2013/11/22-24	主要製作	《花木蘭》
2014	2014/1/17-19	場地伙伴計劃	《夢西遊》
	2014/1/24-26	八樓平台	「八樓平台」《太極》
	2014/3/7-9	主要製作	《舞韻天地》
	2014/4/24-27	八樓平台	「八樓平台」《豆兒》
	2014/6/13-15	主要製作	《梁祝・傳說》
	2014/7/11-13	八樓平台	「八樓平台」《古韻・今釋》
	2014/8/22-24	主要製作	《龍鳳茶樓》
	2014/9/12-14	主要製作	《塵埃落定》
	2014/10/17-18	場地伙伴計劃	《淺灣傳奇》
	2014/10/30	八樓平台	「傳統戲曲與現代科技」講座
	2014/12/12-14	主要製作	《風雲》
2015	2015/1/23-24	場地伙伴計劃	《起舞》
	2015/2/6-8	主要製作	《少年遊》
	2015/5/15-17	八樓平台	「八樓平台」《極道體》
	2015/6/12-14	主要製作	《花木蘭》（重演）

其他職銜	編舞
藝術統籌：蘇淑 節目統籌：蔡飛、謝茵 藝術指導：杜紹樑、張艷	杜紹樑、張艷、謝茵、李愷彤、丘文紅、黃碧珍、蔡穎、鄭書正、黃菊莉
	楊雲濤
藝術統籌：楊雲濤	台北藝術大學舞蹈學院學生
藝術統籌：楊雲濤	楊雲濤、謝茵、余碧艷、賴文慧、江麗明、蔡穎、李璋亮、莊陳波
改編／舞蹈統籌：詹曉南	梁國城
藝術統籌：蘇淑、蔡飛	兒童團及少年團導師
	陳磊、謝茵
	陳俊、李嘉博、李怡燃、尊尼芬·斯納
	楊雲濤、劉迎宏、柯志勇、胡錦明
編劇／填詞：曾柱昭 藝術統籌：謝茵、蔡飛	兒童團及少年團導師
編劇：李鋼音、丁偉	丁偉
	曾可為
藝術統籌：楊雲濤	萬瑪尖措
編劇：曾柱昭	楊雲濤
藝術統籌：楊雲濤	蔣華軒
	曾煥興
藝術統籌：楊雲濤	蘇自紅、色尕、崔濤、李惠君、白瑩、蘇冬梅、鄧林、李涵、蘇婭菲、普布永措
	徐奕婕、李涵
	楊雲濤
	張曉雄
概念：謝茵 藝術統籌：謝茵、蔡飛	謝茵、蔡飛、兒童團及少年團全體導師
原著：阿來 導演：劉凌莉、關大心 劇本改編：白小川 民族藝術顧問：穆蘭	劉凌莉
藝術統籌：楊雲濤	梁國城
	台灣國光劇團
漫畫原著／藝術指導：馬榮成 劇本改編：冼振東	楊雲濤
	香港演藝學院、澳門演藝學院、廣東舞蹈戲劇職業學院
藝術統籌／美術指導：伍宇烈	伍宇烈、余碧艷、陳俊、梅卓燕、熊德敏、賴文慧、黎偉倫
	楊春江、陳俊
導演：楊雲濤 編劇：曾柱昭	楊雲濤、謝茵

年份	日期	類別	節目名稱
2015	2015/8/21-23	主要製作	《十二生肖大冒險の冰雪奇熊》
	2015/9/25-26	主要製作	《在那遙遠的地方》
	2015/11-25, 27-28	場地伙伴計劃	《Hong Kong Style 中國舞》
	2015/11/27-29	主要製作	《倩女・幽魂》
	2015/12/18-20	八樓平台	「八樓平台」《韓舞紀——首爾・香港・相遇》
2016	2016/2/26-28	主要製作	《踏歌行》
	2016/6/24-26	主要製作	《風雲》（重演）
	2016/7/29-31	主要製作	《星期六的秘密》
	2016/8/5-7	主要製作	《紅樓・夢三闋》
	2016/10/14-15	場地伙伴計劃	《緣起敦煌》（重演）
	2016/11/25-27	主要製作	《中華英雄》
	2016/12/9-11, 16-18	八樓平台	「八樓平台 X」《十年祭》
2017	2017/1/7-15	其他	《頂頭鎚 2017 Live+》
	2017/2/10-12	主要製作	《彩雲南現》
	2017/3/2-4	場地伙伴計劃	《HK STYLE 中國舞——也文也舞花木蘭》
	2017/6/9-11	主要製作	《倩女・幽魂》（重演）
	2017/7/28-30 & 8/4-6	主要製作	《金裝龍鳳茶樓》

其他職銜	編舞
概念 / 構思：謝茵 藝術統籌：謝茵、蔡飛 編劇 / 作詞：鄧智堅	兒童團及少年團全體導師
音樂總監：趙伯承	楊雲濤、黃磊、李涵
藝術統籌：楊雲濤	梁國城、楊雲濤
導演：楊雲濤 藝術指導：劉兆銘 劇本改編：冼振東	楊雲濤、謝茵
	柳碩勳、尹敏碩、黃磊
導演：鄭璐 執行導演：喬聳、張杏、 劉夢妤	孫穎
漫畫原著 / 藝術指導：馬榮成 導演：楊雲濤 劇本改編：冼振東	楊雲濤、謝茵
概念 / 構思：謝茵 藝術統籌：蔡飛	謝茵、蔡飛、柯志勇、胡錦明、丘文紅、李愷彤、 胡曉歐、兒童團及少年團全體導師
導演 / 劇本：何應豐 藝術顧問：劉兆銘	楊雲濤、黎海寧及香港舞蹈團舞者
	陳磊
漫畫原著 / 藝術指導：馬榮成 導演：楊雲濤 文本：洛楓	楊雲濤、謝茵
藝術統籌：楊雲濤 藝術顧問：楊春江、王榮祿	楊春江、毛維、黃翠絲、李匡翹、 李拓坤、曹德寶、李宰永、蔡博丞、何泳寧、袁勝倫、 謝欣、金載丞、児玉孝文、野邊壯平、豐福彬文、高 橋留美子、長岡優理
導演：陳敢權	楊雲濤
藝術統籌：楊雲濤 節目策劃：孫晉昆 執行藝術統籌：謝茵	孫躍頡、陶春、史忠建、謝莉鳴、王佳敏
	楊雲濤、謝茵
導演：楊雲濤 藝術指導：劉兆銘 劇本改編：冼振東	楊雲濤、謝茵
概念 / 構思：謝茵 藝術統籌：蔡飛、柯志勇、 丘文紅	兒童團及少年團全體導師

年份	日期	類別	節目名稱
2017	2017/9/8-10	主要製作	《觀自在》
	2017/9/22-24	八樓平台	「八樓平台」《一彈指頃》
	2017/10/13-15	場地伙伴計劃	《Electric Girl》（重演）
	2017/11/24-26	主要製作	《白蛇》
	2017/12/8-10, 15-17	八樓平台	「八樓平台」《時空行旅記錄》
2018	2018/2/2-3	主要製作	《三城誌》
	2018/3/2-4	場地伙伴計劃	《文武雙全花木蘭》
	2018/6/2-3	主要製作	《大美不言・踏歌行》
	2018/6/8-10	主要製作	《踏歌行》（重演）
	2018/6/29-7/1	八樓平台	「八樓平台」《霓虹》
	2018/7/28-29 & 8/3-5	主要製作	《鬍鬚爺爺之詩遊記》
	2018/8/31-9/2	主要製作	《紫玉成煙》
	2018/11/30-12/1	主要製作	《劉三姐》
	2018/12/14-16, 19-21	八樓平台	「八樓平台」《NEXT》
2019	2019/1/19-27	其他	《靖海氛記・張保仔》
	2019/2/22-24	主要製作	《絲路如詩》
	2019/3/8/10	場地伙伴計劃	《文舞雙全花木蘭》
	2019/6/1-2 & 6-8	主要製作	《塵埃落定》（重演）
	2019/8/2-4	主要製作	《小黃鴨》
	2019/8/16-18	主要製作	《弦舞》

其他職銜	編舞
導演：曾文通、羅永暉	楊雲濤
	石嘉琁
導演：陳楚鍵 藝術指導：趙浩然	趙浩然
導演：楊雲濤 原創文本：意珩	楊雲濤、謝茵
	表相滿、崔源爽、李涵、何泳濘、羅文瑾、李佩珊、陳榮
	謝茵、布拉瑞揚・帕格勒勒法、韓孝林
編劇：李俊傑	楊雲濤、謝茵
	孫穎、陳維亞、歐思維、佟睿睿、王盛峰、夏維家、江靖弋
藝術統籌：謝茵、龐丹	孫穎
概念與音樂：陳倩婷 戲劇指導與文本：鍾燕詩 創作指導：梁嘉能	梁嘉能及香港舞蹈團舞者
概念 / 構思：謝茵 藝術統籌：蔡飛、柯志勇、丘文紅 編劇：林玉盈、胡俊謙	謝茵、蔡飛、柯志勇、丘文紅、胡錦明、何超亞、李愷彤、胡曉歐、陳建超、廖慧儀、何泳濘、陳榮
導演：楊雲濤 聯合導演 / 文本：吳國亮 概念策劃 / 錄像設計：黎宇文	楊雲濤
編導：丁偉 編劇：馮雙白 藝術顧問：黃婉秋	丁偉、李莎、饒國晶
	肖智仁、朱卓然、黃聞捷、Yum Ahn、Gayoung Lee、Eyal Dadon
導演：張可堅 編劇：滿道	楊雲濤
藝術統籌：謝茵	楊雲濤、謝茵、丁偉、帕夏・吾曼爾、田露、靳苗苗、色尓、蘇自紅
編劇：李俊傑	楊雲濤、謝茵
原著：阿來 導演：劉凌莉、關大心 劇本改編：白小川 民族藝術顧問：穆蘭	劉凌莉
概念：楊雲濤、謝茵 藝術統籌：蔡飛、柯志勇、丘文紅 編劇：王昊然	楊雲濤、謝茵、胡錦明、胡曉歐、張艷
	楊雲濤

年份	日期	類別	節目名稱
2019	2019/12/6-8	主要製作	《倩女‧幽魂》（重演）
	2019/12/20-21	八樓平台	「八樓平台」《境》
	2019/12/27-29	主要製作	《演舞天地之忘憂部落》
2020	2020/6/27-7/5	主要製作	《一水南天》
	2020/9/27	主要製作	《凝》網上串流播放
	21/12/2020-21/1/2021	主要製作	《媽祖》網上串流播放
2021	2021/2/26-28	主要製作	《青衣》
	2021/5/21-23	主要製作	《山水》
	2021/8/13-15, 20-23	主要製作	《十二生肖大冒險の冰雪奇熊》
	2021/9/24-26	主要製作	《紫玉成煙》
	2021/11/26-28	主要製作	《九歌》

其他職銜	編舞
導演：楊雲濤 劇本改編：冼振東	楊雲濤、謝茵
	袁勝倫、余爾格
藝術統籌：蔡飛、柯志勇、 丘文紅	蔡飛、柯志勇、李涵、黃聞捷、何超亞、占倩、胡錦明、 張艷、李愷彤、蔡琬安、金英花
導演：楊雲濤、朱栢謙 編劇 / 作詞：張飛帆 作曲 / 編曲 / 音樂總監：劉穎途	楊雲濤、黃磊
概念：楊雲濤 武術指導及伙伴：中華國術總會	楊雲濤、黃磊、何皓斐、廖慧儀、侯敘臣、王志昇、 潘正桓、周若芸
導演：閻紅霞 編劇：曹路生	閻紅霞、張媛
藝術統籌：楊雲濤 導演：王亞彬 原著：畢飛宇 戲曲顧問：裴豔玲 編劇：莊一	王亞彬
導演：楊雲濤 藝術統籌：葉翠雅	楊雲濤
概念 / 構思：謝茵 藝術統籌：謝茵、蔡飛 編劇 / 作詞：鄧智堅	兒童團及少年團全體導師
導演：楊雲濤 聯合導演 / 文本：吳國亮 概念策劃 / 錄像設計：黎宇文	楊雲濤
	黎海寧

外訪演出

年份	表演日期	節目名稱
1982	1982/9/19, 22-24, 26	澳洲英聯邦藝術節（布里斯本）
1983	1983/10/29	日本鹿兒島中國舞民族蹈演出（鹿兒島）
1984	1984	英國香港之夜（倫敦／愛丁堡）
1986	1986/9	亞運會揭幕及首爾國際民族舞節（首爾）
1988	1988/9/17-19	《玉卿嫂、黃土地》（北京）
1990	1990/3/28-29	《中國傳統舞今昔》台北市傳統藝術季（台北）
1992	1992/2/19-20 & 3/3	《紅雪》第三屆中國藝術節（昆明）
	1992/10/1-2	《胭脂扣》香港節 92（多倫多）
1996	1996/6/5-6	《如此》（新加坡）
1997	1997/10/31-11/1	《如此》（四川）
2002	2002/4/23-25	《梁祝》慶祝香港回歸五週年節目（上海）
2004	2004/9/11, 17-19	《酸酸甜甜香港地》第七屆中國藝術節（上海）
	2004/11/12-14	《邊城》（澳門）
2005	2005/12/7, 9, 10-12	《周璇 外一章 自梳女》（廣州／東莞／中山）
2007	2007/6/8-9	《笑傲江湖》（上海）
	2007/11/18	《塵埃落定》第八屆中國藝術節（武漢）
	2007/11/22, 25, 30 & 12/1	《清明上河圖》（杭州／南京／北京）
2008	2008/7/16-17	「相約北京—— 2008 奧運文化活動」 港澳藝術節之《清明上河圖》巡演（北京）
	2008/8/8	北京奧運開幕式《馬運之都》（北京）
	2008/11/28-29	《清明上河圖》第十屆廣東省藝術節（東莞）
	2008/12/2	《清明上河圖》（中山）

其他職銜	編舞
	舒巧、許仕金、譚嗣英、蔡新聲、陳華
	陳華、惲迎世、洗源
原著故事：白先勇	舒巧、應萼定
	舒巧、栗成廉、陳愛蓮、戴愛蓮、應萼定
	舒巧、華超
原著／策劃：李碧華	舒巧、梁國城
原著／美術指導：陳瑞獻	應萼定
原著／美術指導：陳瑞獻	應萼定
	蔣華軒
編劇：何冀平 導演：毛俊輝 作曲：顧嘉煇 歌詞：黃霑 指揮／作曲：閻惠昌	蔣華軒
原著：沈從文 導演：彭鎮南 音樂總監、作曲、填詞：鍾志榮	楊雲濤、周佩韻
編劇：陳方、周偉	梁國城
藝術顧問／原著：金庸 編劇及導演：冼杞然 藝術統籌：辜滄石、顏麗娜	梁國城、楊雲濤
原著：阿來 導演：劉凌莉、關大心 劇本改編：白小川 民族藝術顧問：穆蘭	劉凌莉
顧問：楊新、王克芬、趙廣超 學術指導及腳本：曾柱昭 舞蹈概念及民俗舞編排：楊子達	梁國城
顧問：楊新、王克芬、趙廣超 學術指導及腳本：曾柱昭 舞蹈概念及民俗舞編排：楊子達	梁國城
	梁國城
顧問：楊新、王克芬、趙廣超 學術指導及腳本：曾柱昭 舞蹈概念及民俗舞編排：楊子達	梁國城
顧問：楊新、王克芬、趙廣超 學術指導及腳本：曾柱昭 舞蹈概念及民俗舞編排：楊子達	梁國城

年份	表演日期	節目名稱
2009	2008/2/14-21	《賞識舞蹈・唯美領會》澳門教育演出（澳門）
2010	2010/2/22-27	《賞識舞蹈・唯美領會》澳門教育演出（澳門）
	2010/5/8	《清明上河圖》第九屆中國藝術節（廣州）
	2010/7/9-10	《清明上河圖》（上海）
	2010/7/1-9	澳門青年舞蹈節
2011	2011/3/28-4/2	《賞識舞蹈・唯美領會》澳門教育演出（澳門）
	2011/8/20	《中國舞・華夏情》（深圳）
2012	2012/2/20-26	《賞識舞蹈・唯美領會》澳門教育演出（澳門）
	2012/7/19-27	澳門青年舞蹈節（澳門）
2013	2013/1/4-5	《清明上河圖 》（多倫多）
	2013/1/11-12	《清明上河圖 》（華盛頓）
	2013/11-17	《賞識舞蹈・唯美領會》澳門教育演出（澳門）
	2013/9/18-19	《蘭亭・祭姪》（北京）
	2013/12/13-14	《蘭亭・祭姪》（台北）
2014	2014/3/23-30	《賞識舞蹈・唯美領會》澳門教育演出（澳門）
	2014/7/17-25	澳門青年舞蹈節（澳門）
2015	2015/3/5-8	《花木蘭》（紐約）
	2015/4/15-18	《賞識舞蹈・唯美領會》澳門教育演出（澳門）
	2015/9/17-19	《花木蘭》（悉尼）
	2015/11/5-7	《身・影》首爾「國際雙人舞節」（首爾）
2016	2016/3/16-19	《賞識舞蹈・唯美領會》澳門教育演出（澳門）
	2016/4/23	《梁祝・傳說》（首爾）
	2016/7/21-29	澳門青年舞蹈節（澳門）
	2016/10/22-23	《0 的焦點》（東京）
	2016/11/30 & 12/3-4	《曙光》首爾「國際雙人舞節」（首爾）

其他職銜	編舞
	楊雲濤、王林、江麗明、何超亞、胡錦明、賴文慧、郭偉傑
	楊雲濤、胡錦明、江麗明、何超亞、賴文慧、郭偉傑、曾金星、張翼詠
顧問：楊新、王克芬、趙廣超 學術指導及腳本：曾柱昭 舞蹈概念及民俗舞編排：楊子達	梁國城
顧問：楊新、王克芬、趙廣超 學術指導及腳本：曾柱昭 舞蹈概念及民俗舞編排：楊子達	梁國城
	香港舞蹈團外展及教育部
	楊雲濤、胡錦明、江麗明、何超亞、賴文慧、郭偉傑、曾金星、張翼詠、香港演藝學院
	楊雲濤
	楊雲濤、胡錦明、江麗明、何超亞、賴文慧、郭偉傑、曾金星、張翼詠、香港演藝學院
	香港舞蹈團外展及教育部
顧問：楊新、王克芬、趙廣超 學術指導及腳本：曾柱昭 舞蹈概念及民俗舞編排：楊子達	梁國城
顧問：楊新、王克芬、趙廣超 學術指導及腳本：曾柱昭 舞蹈概念及民俗舞編排：楊子達	梁國城
	楊雲濤、胡錦明、江麗明、余碧艷、郭偉傑、張翼詠、香港演藝學院
	楊雲濤
	楊雲濤
	楊雲濤、胡錦明、江麗明、余碧艷、郭偉傑、張翼詠、香港演藝學院
	香港舞蹈團外展及教育部
導演：楊雲濤 編劇：曾柱昭	楊雲濤、謝茵
	楊雲濤、胡錦明、江麗明、余碧艷、郭偉傑、張翼詠、香港演藝學院
導演：楊雲濤 編劇：曾柱昭	楊雲濤、謝茵
	陳榮
	楊雲濤、胡錦明、江麗明、郭偉傑、張翼詠、香港演藝學院
	楊雲濤
	香港舞蹈團外展及教育部
	袁勝倫、謝茵
	黃磊

年份	表演日期	節目名稱
2017	2017/3/19-25	《賞識舞蹈・唯美領會》澳門教育演出（澳門）
	2017/4/12-15	《花木蘭》（倫敦）
	2017/7/8-9	《倩女・幽魂》（北京）
	2017/7/15-16	《倩女・幽魂》（廣州）
2018	2018/3/11-17	《賞識舞蹈・唯美領會》澳門教育演出（澳門）
	2018/7/21-26	澳門青年舞蹈節（澳門）
	2018/4/13-15	《觀自在──初心》首爾國際佛教舞蹈節（首爾）
	2018/7/18	《四季》（深圳）
	2018/12/14-15	《倩女・幽魂》香港週（台北）
2019	2019/3/26-28	《賞識舞蹈・唯美領會》澳門教育演出（澳門）
	2019/6/21-22	《花木蘭》（明斯克）
	2019/7/5-7	《塵埃落定》（四川）
	2019/7/16	《塵埃落定》第二屆中成都藝術節（四川）
	2019/7/28	澳門青年舞蹈節（澳門）
	2019/7/29	《梁祝》深圳舞蹈月（深圳）
	2019/9/6-7, 13-14	《倩女・幽魂》（上海 / 杭州）
	2019/11/9-10	《四季 / 梁祝》香港週（上海）

其他職銜	編舞
	楊雲濤、胡錦明、江麗明、余碧艷、郭偉傑、張翼詠、香港演藝學院
編劇：曾柱昭	楊雲濤、謝茵
導演：楊雲濤 劇本改編：冼振東	楊雲濤、謝茵
導演：楊雲濤 劇本改編：冼振東	楊雲濤、謝茵
	楊雲濤、胡錦明、江麗明、余碧艷、郭偉傑、張翼詠、香港演藝學院
	香港舞蹈團外展及教育部
	楊雲濤
	謝茵
導演：楊雲濤 劇本改編：冼振東	楊雲濤、謝茵
	楊雲濤、胡錦明、江麗明、郭偉傑、張翼詠、香港演藝學院
導演：楊雲濤 編劇：曾柱昭	楊雲濤、謝茵
原著：阿來 導演：劉凌莉、關大心 劇本改編：白小川	劉凌莉
原著：阿來 導演：劉凌莉、關大心 劇本改編：白小川	劉凌莉
	香港舞蹈團外展及教育部
	楊雲濤
導演：楊雲濤 劇本改編：冼振東	楊雲濤、謝茵
	楊雲濤、謝茵

結語

本書得以順利出版，感謝所有受訪者、筆錄者、天地圖書有限公司、統籌及整理圖文資料的同事。謹此向熱愛舞蹈藝術、支持香港舞蹈團的讀者獻上這份紀錄。

我與香港舞蹈團的緣份可算是源自 2001 年。當年，香港舞蹈團、香港話劇團和香港中樂團在同一天完成公司化，我任職香港話劇團公司化後的第一任財務及行政經理。那時候，三個藝團的行政架構和許多運作系統都由三個藝團的財務及行政經理一起討論交流並各自回去執行，從那時起我便對香港舞蹈團的行政工作有一定的了解。2004 年至 2014 年，我的工作重心基本都在內地。至 2014 年加入香港舞蹈團，希望以自己累積的經驗嘗試新的挑戰。

香港舞蹈團的存在與觀眾和政府密不可分——前者是外部的需求，後者則源於內部的委任和監督。舞團位處兩者之間，須運用政府資助製作出提升社會大眾藝術欣賞水平的節目和活動。每年舞季的節目取向都以平衡為目標，既兼顧大眾與小眾的題材，亦有具本土特色的演出。以香港的文化作為創作題材，有助於提升舞團的國際能見度與辨識度。因此，近年推出了《倩女・幽魂》、《風雲》、《中華英雄》、《龍鳳茶樓》等舞劇。除了本地演出外，舞團也積極外訪巡演——在世界主要城市演出，至今已踏足新加坡、東京、鹿兒島、紐約華盛頓、多倫多、倫敦、悉尼、明斯克、首爾等，以及內地各大城市；舞團計劃每次

外訪演出都能夠連續在多個地點進行巡演和交流活動，提升經濟效益。

香港舞蹈團在業界特別是中國舞範疇肩負起領頭和示範的責任。舞團提供大量舞碼和演出場次，呈現高質素的舞台設計、服裝設計、音樂音響、燈光佈景等，並積極與香港本地中小團體和藝術家合作，務求達至協同效應。此外，舞團為香港觀眾帶來非一般的大型製作，比如宮廷舞《踏歌行》。如此大規模的傳統舞蹈表演，相信在香港只有香港舞蹈團能製作得出來。舞團還經常與其他藝團合作，包括：香港話劇團、香港中樂團、中英劇團等。旗艦藝團之間應該加強交流合作，強強聯手，對觀眾和整個市場也是好事。

在香港這種國際級城市裏，生活節奏十分急促，各種精彩紛呈的文化藝術和娛樂節目豐富繁多，要吸引觀眾的注意力不是一件容易的事情。如何讓觀眾留意到我們？留意過後又如何讓觀眾記得我們？這些都是香港舞蹈團在未來的挑戰。

香港舞蹈團行政總監

崔德煒

鳴謝

香港特別行政區政府

本書所有受訪者、攝影師、筆錄者及資料整理團隊

天地圖書有限公司

www.cosmosbooks.com.hk

書　名	香港舞蹈團四十週年——緣路有您
作　者	香港舞蹈團有限公司
統　籌	崔德煒、曾寶妍
筆　錄	王末琪、何嘉露、曾寶妍、葉翠雅
圖文整理	曾寶妍、周煒嫦、李妍蓓
責任編輯	郭坤輝
美術編輯	郭志民
出　版	天地圖書有限公司
	香港黃竹坑道46號新興工業大廈11樓（總寫字樓）
	電話：2528 3671　傳真：2865 2609
	香港灣仔莊士敦道30號地庫（門市部）
	電話：2865 0708　傳真：2861 1541
印　刷	亨泰印刷有限公司
	柴灣利眾街27號德景工業大廈10字樓
	電話：2896 3687　傳真：2558 1902
發　行	香港聯合書刊物流有限公司
	香港新界荃灣德士古道220-248號荃灣工業中心16樓
	電話：2150 2100　傳真：2407 3062
出版日期	2021年11月／初版